AF746257

www.ingramcontent.com/pod-product-compliance
Lightning Source LLC
LaVergne TN
LVHW051125051026
849532LV00004BB/1683
* 9 7 8 9 3 5 8 7 2 4 5 9 2 *

شہید اور دیگر افسانے

علی حسن سمند طور

© Ali Hasan Samandtoor
Shaheed aur diigar Afsane (Short Stories)
by: Ali Hasan Samandtoor
Edition: April '2024
Publisher :
Taemeer Publications LLC (Michigan, USA / Hyderabad, India)

ISBN 978-93-5872-459-2

مصنف یا ناشر کی پیشگی اجازت کے بغیر اس کتاب کا کوئی بھی حصہ کسی بھی شکل میں بشمول ویب سائٹ پر اَپ لوڈنگ کے لیے استعمال نہ کیا جائے۔ نیز اس کتاب پر کسی بھی قسم کے تنازع کو نمٹانے کا اختیار صرف حیدرآباد (تلنگانہ) کی عدلیہ کو ہو گا۔

© علی حسن سمند طور

کتاب	:	**شہید اور دیگر افسانے**
مصنف	:	**علی حسن سمند طور**
پروف ریڈنگ / تدوین	:	اعجاز عبید
صنف	:	فکشن
ناشر	:	تعمیر پبلی کیشنز (حیدرآباد، انڈیا)
سالِ اشاعت	:	۲۰۲۴ء
صفحات	:	۹۰
سرورق ڈیزائن	:	تعمیر ویب ڈیزائن

فہرست

کھانا تیار ہے

اس وقت رات کے دو بجے تھے اور محمود اپنے کمپیوٹر کے اسکرین پہ اس روبوٹ کو دیکھ رہا تھا جو زحل کے چاند ٹائٹین کی سطح پہ تیزی سے دوڑ رہا تھا۔

"جائے خدا تنگ نیست" محمود نے اپنے آپ سے کہا اور ٹائٹین سے آنے والی تازہ بہ تازہ رنگین ویڈیو کے سحر میں ڈوبا رہا۔ ٹائٹین کی سطح پہ دریا بھی تھے اور بالکل اس طرح کی پہاڑیاں بھی جو یہاں زمین پہ نظر آتی ہیں۔ سیارہ گاڑی سے بھیجی جانے والی تصاویر اور ویڈیو کا زمین تک پہنچنے کا دورانیہ تقریباً آدھ گھنٹے کا تھا۔ مگر کیونکہ سیارہ گاڑی اپنے اوپر نصب مختلف کیمروں سے مستقل تصویریں کھینچ رہی تھی اور ویڈیو بنا رہی تھی اس لیے محمود کے کمپیوٹر اسکرین پہ بھی یہ نمائش مستقل چل رہی تھی۔ محمود تازہ ویڈیو اور تصاویر دیکھ رہا تھا اور ساتھ ہی تاریخ پہ نظر دوڑا رہا تھا کہ انسان کو گاڑی بنانے سے ہوائی جہاز بنانے تک کتنا عرصہ لگا۔ اور پھر ہوائی جہاز بنانے کے بعد خلا میں قدم رکھنے تک کتنا عرصہ لگا۔ اور اب یہ عالم تھا کہ دنیا کے کئی ممالک فعال اور کامیاب خلائی پروگرام چلا رہے تھے۔ باقاعدگی سے ایسی سیارہ گاڑیاں خلا میں بھیجی جا رہی تھیں جو راکٹ کے ذریعے دوسرے سیاروں اور ان کے گرد گھومتے چاند تک پہنچتیں اور پھر ان عجیب و غریب دنیاؤں میں دوڑتیں اور وہاں کی تصاویر اور ویڈیو ہمارے سیارے کو روانہ کرتیں۔

دراصل دوسرے سیاروں تک انسان کی پہنچ کی بحث پچاس سال پہلے زور و شور سے

ہو چکی تھی۔ یہ نصف صدی پہلے کی بات ہے کہ جب امریکہ کے خلائی ادارے ناسا نے پے در پے ایسی سیارہ گاڑیاں بھیجی تھیں جنہوں نے مریخ کا چپہ چپہ چھانا تھا اور وہاں کی تصاویر دنیا کو بھیج کر جنگ و جدل میں جکڑے انسانوں کو حیرت میں مبتلا کر دیا تھا۔ پھر جب کچھ اور دہائیاں گزریں، انسان کی اجتماعی عقل میں اضافہ ہوا، اور جنگ کے مہیب بادل زمین سے چھٹنا شروع ہوئے تو خوشحالی کا دائرہ وسیع ہوا اور ایک ایک کر کے دنیا کے بہتیرے ممالک خلائی مہم جوئی میں شامل ہو گئے۔ اور اب تو یہ عالم تھا کہ شاید ہی کوئی دن جاتا کہ جب کسی دوسرے سیارے، کسی دوسرے چاند سے گھنٹوں لمبی ویڈیو موصول نہ ہوئی ہوتی کہ دنیا والے اس تماشے کو دیکھ کر اپنے چھوٹے موٹے غم بھلا دیتے۔

پانچ دہائی قبل جب امریکہ نے 'جذبہ' اور 'موقع' نامی سیارہ گاڑیاں مریخ تک پہنچائیں اور ان خود کار گاڑیوں نے پٹ پٹ تصاویر کھینچ کر دنیا کو ارسال کرنا شروع کیا تو خلا میں دلچسپی رکھنے والوں کے درمیان بحث شروع ہوئی کہ کیا وقت آ گیا تھا کہ ان سیارہ گاڑیوں کے پیچھے پیچھے انسان بھی جلد از جلد مریخ پہ پہنچ جائے۔ مگر بہت مباحثے کے بعد فلکیاتی حلقوں میں یہ اتفاق رائے پیدا ہوا کہ ابھی دوسرے سیاروں تک جانے کے لیے انسان کی تیاری مکمل نہ تھی۔ جن جگہوں پہ سیارہ گاڑیاں بھیجی جا رہی تھیں وہاں فضا اور دوسرے حالات، زندگی کے موافق نہ تھے۔ زمین سے ارب ہا میلوں کے فاصلے پہ واقع ان سیاروں اور قمر کی دنیا بظاہر بہت پر تحیر معلوم دیتی تھی اور وہاں سے آنے والی تصاویر انسان کے اندر کے مہم جو کو فوری طور پہ کمر باندھنے کے لیے تیار کرتی تھیں مگر درحقیقت اس اجنبی ماحول میں انسانی زندگی سہل ہرگز نہ تھی۔ نہ وہاں کشش ثقل ہماری دنیا جیسی تھی اور نہ وہاں کی فضا ایسی تھی جیسی یہاں ہے۔ چنانچہ یہ طے پایا کہ انسان کو ان ساحر مقامات پہ جانے کی کوئی جلدی نہیں ہونی چاہیے بلکہ ان جگہوں تک بہت تیاری کے بعد

پہنچنا چاہیے۔ نئی حکمت عملی کے تحت پہلے مرحلے میں سیارہ گاڑیوں کو ان نئی زمینوں سے متعلق ہر قسم کی معلومات انسان کو پہنچانا تھیں۔ اور پھر اگلے مرحلے میں روبوٹ کی ایک دوسری کھیپ کو ان مقامات پہ انسانوں کے لیے قابل رہائش عمارات بنانا تھیں اور مہم جوئی کے لیے وہاں پہنچنے والوں کے لیے کھانے پینے کے انتظامات کرنے تھے۔ ان ہی دنوں ایک اخبار نے اپنے اداریے میں لکھا تھا:

"پھر جب انسان خلانوردی کے لیے زمین سے باہر نکلے تو ہمارے شمسی محلے میں جگہ جگہ ایسے مقامات ہوں جہاں انسان کے رہنے کے لیے پر تکلف انتظامات ہوں۔ ہمارے نظام شمسی میں یہ خلائی سرائے جابجا ہوں کہ ہم ان میں سے کسی بھی سرائے میں جا کر رہ جائیں اور جب ہمارا دل گھبرا جائے تو ہم وہاں سے آگے بڑھ جائیں۔"

پھر یہ بھی طے پایا تھا کہ اگر کسی سیارے، کسی چاند پہ زندگی کا کوئی بھی نشان ملا تو انسان فوری طور پہ اس جگہ کو تنہا چھوڑ دے گا اور اس جسم فلکی کے حیاتی نمونوں کو اپنے طور پہ ارتقا کے مراحل طے کرنے دے گا۔

پھر جب درجنوں ممالک کی سیارہ گاڑیاں مختلف سیاروں اور چاند پہ دوڑنے لگیں تو یہ بات واضح ہو گئی کہ ہمارے نظام شمسی میں دور دور تک زندگی کا کوئی نام و نشان نہیں ہے۔ اب میدان صاف تھا۔ انسان کو اپنے گھر سے نکل کر ان دنیاؤں کا سفر کرنا تھا اور ان مقامات پہ اپنے لیے رہائش کے انتظامات کرنے تھے۔

اتنی رات گئے محمود جس سیارہ گاڑی کو ٹائٹین پہ دوڑتا دیکھ رہا تھا وہ نائجیریا کے خلائی ادارے کی بھیجی ہوئی تھی۔ محمود کا تعلق زراعت کے شعبے سے تھا۔ وہ زراعت میں خود کاری کے سلسلے میں کام کر رہا تھا۔

محمود نے گھڑی کی طرف دیکھا۔ اب صبح کے تین بج گئے تھے۔ اس کی آنکھیں نیند

سے بوجھل تھیں۔

"یہ کائنات کس قدر دلکش جگہ ہے۔ میرا تو دل نہیں کرتا کہ میں سونے کے لیے لیٹوں۔" اس نے اپنے آپ سے کہا، مگر پھر خود ہی کمپیوٹر سے ہٹ کر اپنی خواب گاہ کی طرف چل پڑا۔

اگلی صبح جب محمود کی آنکھ کھلی تو دن چڑھ آیا تھا۔ دن کے دس بج گئے تھے۔ گیارہ بجے اس کی ایک ویڈیو کانفرنس تھی۔ گھڑی کے الارم سے جڑی کافی مشین چل چکی تھی اور اب تازہ کافی کی خوشبو پورے گھر میں پھیل گئی تھی۔ محمود نے غسل خانے میں جا کر منہ پہ پانی کا چھینٹا مارا۔ جب وہ ہلکا سا ناشتہ کر کے فارغ ہوا تو ساڑھے دس بج چکے تھے۔

اپنے معمولات سے فارغ ہونے پہ محمود ایک بار پھر اس کرسی پہ بیٹھ گیا جو اس کا مکمل دفتر تھی۔ کرسی کے سامنے ایک بڑا اسکرین کمپیوٹر سے جڑا ہوا تھا۔ محمود آنکھیں بند کر کے کرسی پہ بیٹھ گیا اور اس نے زبانی احکامات کا ایک سلسلہ شروع کیا۔ کمپیوٹر اسکرین روشن ہو گیا اور اسپیکر سے ابھرنے والی مشینی آواز محمود کو اس کے احکامات کے جواب میں ہونے والے اقدامات سے مطلع کرنی لگی۔ اسی مصروفیت میں گیارہ بج گئے اور ویڈیو کانفرنس شروع ہو گئی۔ محمود کے سامنے موجود اسکرین پہ کانفرنس کے دو شرکا ظاہر ہوئے۔ یہ لوگ دنیا کے مختلف حصوں سے اس کانفرنس میں شمولیت کر رہے تھے۔ ان میں سے ہر شخص محمود کو بھی اسی طرح اپنے سامنے اسکرین پہ دیکھ رہا تھا۔ تینوں کے درمیان رسمی کلمات کا تبادلہ ہوا۔ وہ سب اپنی اپنی زبانوں میں باتیں کر رہے تھے اور کمپیوٹر ان کی باتوں کا ترجمہ کر کے ہر شخص کو اس کی اپنی روزمرہ میں کہی جانے والی بات کا مافی الضمیر بیان کر رہا تھا۔

پھر پاپوا نیو گنی سے شامل شخص نے بولنا شروع کیا۔

"زراعت ایک پرانا عمل ہے اور گو کہ اس عمل میں مشین کا استعمال آئی سی انجن بننے کے بعد شروع ہو گیا تھا مگر انسان نے اس عمل میں خود کاری کی طرف بہت دیر سے توجہ دی۔ یہاں پاپوانیو گنی میں ہم نے کئی سبزیوں کی کاشت کاری میں خود کاری کی طرف کام کیا ہے۔ مثلاً ترئی کی کاشت میں ہماری خود کار کاوش کو دیکھیں۔"

اسکرین پہ ترئی کی ایک بیل ظاہر ہوئی۔

"پہلے مرحلے میں ہم نے ترئی کی بیل کو اس جالی پہ یوں لگایا کہ بیل میں لگنے والا پھل جالی کے سوراخوں سے نیچے گر جائے۔"

اسکرین پہ ایک کے بعد ایک ایسی تصاویر ابھریں جن میں ترئی کے بیل کی افزائش کے کئی مراحل دکھائے گئے تھے۔ پھر ایک تصویر میں وہ منظر تھا کہ ترئی کی بیل یوں لگی تھی کہ پھل جالی سے نیچے لٹک رہی تھے اور باقی بیل مع پتوں کے جالی کے اوپر تھی۔ ایک تصویر جالی کے نیچے سے لی گئی تھی اور اس تصویر میں دور تک لٹکنے والے پھل بہت بھلے لگ رہے تھے۔

"پھر دوسرے مرحلے میں ہم نے پھل اتارنے کے عمل کو بھی خود کار کر دیا۔ یہ تصاویر ملاحظہ فرمائیں۔"

ایک کے بعد ایک مزید تصاویر اسکرین پہ نمودار ہوئیں۔ ان تصاویر میں دکھایا گیا تھا کہ کس طرح وہ جالی جس پہ ترئی کی بیل ڈالی گئی تھی قینچی دار خانوں سے مل کر بنی تھی۔ تصاویر میں ترئی کی بیل کی نشو نما، پھل لگنے، اور پھل بڑا ہونے کے عمل کو دکھایا گیا تھا۔ یہ تصاویر بہت تیزی سے آگے بڑھ رہی تھیں جس کی وجہ سے اس تسلسل پہ ویڈیو کا سا گمان ہوتا تھا۔ پھر نمائش کے آخر میں ایک مختصر ویڈیو میں قینچی والی جالی کو بند ہوتے دکھایا گیا تھا۔ جب قینچی والی جالی بند ہوئی تو ساری توریاں کٹ کر نیچے گر گئیں۔ توریاں

ایک ایسی سطح پہ گریں جو دھات کی چادر نظر آتی تھی۔ یہ چادر ڈھلوان شکل میں تھی۔ چنانچہ پھل اس سطح پہ گرتے ساتھ ہی لڑکھنا شروع ہو گئے اور ایک رخ پہ لڑھکتے ہوئے ایک بوری میں جاگرے۔

"تو آپ لوگ سمجھ سکتے ہیں کہ اسی ٹیکنالوجی کو استعمال کرتے ہوئے کسی بھی قسم کی بیل کی نشو نما کی جاسکتی ہے اور اس سے پیدا ہونے والا پھل بلا انسانی مداخلت کے کاشت کیا جاسکتا ہے۔ شکریہ۔" پاپوانیو گنی سے شامل شخص نے اپنی گفتگو ختم کی تو کانفرنس کے باقی دوشرکا نے تالیاں بجاکر اس کی گفتگو اور تجربات کی داد دی۔

"سبزیوں کی کاشت کاری میں خودکاری کی طرف یہ پیش رفت بہت اہم ہے۔ ہم مختلف گھاس، جن میں تقریباً سارے اناج شامل ہیں، کی بڑی سطح پہ خودکار کاشت کاری کا کام تو بہت پہلے کر چکے تھے مگر اب میکسیکو کے ایک ادارے نے گھاس کی کاشت کاری میں چھوٹی مشینوں پہ کام کیا ہے۔ اس ادارے سے کوئی شخص آج کی کانفرنس میں شامل نہیں ہو سکا ہے مگر امید ہے کہ اگلی کانفرنس میں وہ ضرور شرکت کریں گے۔" محمود نے کانفرنس کے ناظم کی حیثیت سے باقی دوشرکا کو اس صورت حال سے آگاہ کرنا ضروری خیال کیا۔

اب ویڈیو کانفرنس میں بوٹسوانا سے شامل شخص بولنا شروع ہوا۔

"ہم نے زراعت اور باغ بانی میں خودکاری کے جو تجربات کیے ہیں وہ اس متعلق ہیں کہ مشین یہ کیسے تعین کرے کہ کوئی وقت بیج بونے کے لیے صحیح گھڑی ہے۔ کہ اس موقع پہ بیج ڈالے جائیں اور پھر ان پہ پانی ڈال کر پودوں کی نشو نما کی جائے۔ تو ہم نے یہ چھوٹا سا موسمیاتی اسٹیشن کمپیوٹر کے ساتھ جوڑا ہے۔ اور اس طرح ہمارا کمپیوٹر مستقل موسم کا تجزیہ کرتا ہے اور موسمی حالات کے حساب سے فیصلہ کرتا ہے کہ کونسا وقت بیج کو زمین

میں ڈالنے کے لیے موزوں ہے۔ یہ تصاویر ملاحظہ فرمائیں جو اس عمل کی وضاحت کر رہی ہیں۔ یہ دیکھیے کہ کس طرح سوکھے ہوئے بیج اس خانے میں موجود ہیں۔"

اسکرین پہ ایک کے بعد ایک تصاویر ابھرنا شروع ہوئیں۔ ان تصاویر میں دکھایا گیا تھا کہ کمپیوٹر درجہ حرارت، ہوا میں نمی اور دوسرے عوامل کا مستقل جائزہ لے رہا ہے اور پھر فیصلہ کرتا ہے کہ بیج ڈالنے کے لیے صحیح وقت آن پہنچا ہے۔ پھر ایک کمپریسر کی مدد سے ہوا کا جھکڑ چلایا جاتا ہے جو خانے میں رکھے گئے بیجوں کو دور دور تک پھیلا دیتا ہے۔ پھر فوارہ چلنا شروع ہوتا ہے جو ان بیجوں کی آبیاری کرتا ہے۔

بوٹسوانا کے شریک کی گفتگو پندرہ منٹ میں ختم ہوئی۔ اس گفتگو کے دوران سینکڑوں تصاویر اور درجنوں مختصر ویڈیو کی مدد سے مختلف بیجوں کو زمین میں لگانے اور ان کی آب پاشی پہ کیے گئے تجربات دکھائے گئے تھے۔ ان تصاویر کی نمائش ختم ہونے پہ باقی دو شرکا نے تالیاں بجا کر بوٹسوانا سے شامل شخص کے تجربات کو سراہا۔

اب محمود کے بولنے کی باری تھی۔

"ہم یہاں آزاد جنوبی ایشیا میں جو کام کر رہے ہیں وہ اس متعلق ہے کہ کس طرح روبوٹ چل کر کسی جگہ جائے اور وہاں ہل چلانے کے علاوہ ایک نئے فارم کو ترتیب دینے کا کام کرے۔ مثلاً کھیتوں کے لیے کچھ اور قسم کے انتظامات کی ضرورت ہے اور سبزیوں کے لیے اور طرح کے۔ تو ہمارا یہ روبوٹ یہ صلاحیت رکھتا ہے کہ یہ ہمارے احکامات کے متعلق کھیت یا باغات کے انتظامات کرے۔"

ایک دفعہ پھر اسکرین پہ پے در پے تصاویر ظاہر ہونا شروع ہوئیں۔ ویڈیو اور تصاویر میں ایک روبوٹ کو دوڑتے بھاگتے اور پھر ایک جگہ رک کر زمین میں لکڑیاں گاڑتے، کیاریاں لگاتے دکھایا گیا تھا۔

تو اس پورے سلسلے کو اس طرح سے دیکھا جا سکتا ہے کہ ہم یہاں آزاد جنوبی ایشیا میں جو کام کر رہے ہیں وہ سیارہ زمین سے باہر خود کار کاشت کاری کے سلسلے میں اولین نوعیت کا کام ہے۔ پھر اس کے بعد بوٹسوانا والے جو کام کر رہے ہیں اس ٹیکنالوجی کی مدد سے بیج ڈالے جائیں گے اور ان کو پانی دیا جائے گا۔ اور پھر پاپوانیو گنی اور میکسیکو سے تعلق رکھنے والے اداروں کی ٹیکنالوجی کو استعمال کرتے ہوئے پودوں کی نشو نما کی جائے گی اور فصل کاٹی جائے گی۔"

محمود نے اپنی بات ختم کی۔

"تو سوال یہ پیدا ہوتا ہے کہ کیا ہم ٹائٹین پہ فصل اگانے کے لیے تیار ہیں؟" پاپوانیو گنی کے شخص نے مسکرا کر پوچھا۔

"نہیں، ابھی نہیں۔" محمود نے جواب دیا۔ "ابھی ہمیں آج پیش ہونے والی تمام ٹیکنالوجیوں کے سنبدھ سے یہیں زمین پہ مکمل خود کار باغ اور کھیت کے تجربات کرنے ہیں۔ ہم ٹیکنالوجی کے الحاق کا یہ تجربہ صحرائے تھر میں کریں گے۔ آپ لوگوں کی گفتگو کے ساتھ ہی مجھے آپ کے تجربات کی تمام مسلیں بھی مل گئیں ہیں۔ اب ہمیں یہاں تجربہ کرنا ہے کہ آیا یہ روبوٹ اس بات کا اہل ہے کہ خود چلتا ہوا کسی بیابان میں کوسوں دور جائے، ہم دور بیٹھ کر اس کو احکامات دیتے رہیں، اور یہ روبوٹ ایک مکمل خود کار کھیت اگا لے۔ پھر آپ یہ بات بھی غور کریں کہ ہمارے اس سیارے پہ زندگی کو پنپتے کروڑوں سال ہو گئے ہیں۔ اس سیارے کی مٹی میں یہ طویل تاریخ حلول کر گئی ہے۔ ہم اس عمل کو اوپری مٹی یعنی ٹاپ سوائل کے نام سے جانتے ہیں۔ مگر دوسری دنیاؤں میں زندگی کی ایسی کوئی تاریخ موجود نہیں ہے۔ وہاں نئے سرے سے زندگی شروع کرنے کے سلسلے میں ہمیں سب سے بڑی مشکل یہی درپیش ہو گی۔ کسی بالکل بنجر زمین پہ اوپری مٹی کی ایک

موٹی سطح کیسے بنائی جائے، یہی ہمارا سب سے چیلنج ہے۔ تو اس سلسلے میں بھی ہم نے کام کیا ہے۔ ہم ایسے تجربات کر رہے ہیں کہ ہمارا روبوٹ کسی ریتیلی جگہ پہ جائے گا اور اپنے ساتھ لے جانے والی اوپری مٹی کو اس ریتیلی مٹی کے صغیر قطعے میں ملا کر اس چھوٹی جگہ پہ تیزی سے اگنے والی ایک فصل تیار کرے گا۔ پھر اس فصل کو کاٹ کر اسے وہیں مٹی میں ملا دیا جائے گا۔ پھر اس نئی مٹی پہ ایک اور فصل بوئی جائے گی۔ اس وقت تک اس چھوٹے قطعے میں اوپری مٹی آدھے انچ سے گہری ہو چکی ہو گی۔ پھر اس چھوٹے سے قطعے کا رقبہ رفتہ رفتہ بڑھایا جائے گا۔ اس طرح پے در پے فصلیں اگا کر مٹی کو جاندار سے جاندار بنایا جائے گا۔ اور پھر اپنے کام کی فصلیں اگائی جائیں گی۔"

ویڈیو کانفرنس کے باقی دو شرکا نے محمود کے دلائل کی تائید کی۔ اور کانفرنس اپنے اختتام تک پہنچی۔

مگر اگلے دن سے محمود کے بے حد مصروف دن شروع ہو گئے۔ محمود اور اس کے ساتھی اپنے روبوٹ کے ساتھ عملی تجربات کر رہے تھے۔ پاپوا نیو گنی، بوٹسوانا، اور میکسیکو سے تعلق رکھنے والے ماہرین ویڈیو کی مدد سے ہر موقع پہ ان لوگوں کے ساتھ تھے۔ انہیں ہر ہر قدم پہ مشکلات پیش آئیں۔ پہلے روبوٹ کے سوفٹ وئیر میں کوئی نقص ہو گیا اور روبوٹ اپنی جگہ جم کر کھڑا ہو گیا۔ پھر روبوٹ کے ہاتھوں کی حرکت میں کئی دشواریاں سامنے آئیں۔ مگر رفتہ رفتہ کر کے یہ تمام مسائل حل ہوتے گئے۔ روبوٹ کا ایک زرخیز زمین پہ کھیت لگانے کا تجربہ کامیاب رہا تو یہ کوششیں شروع ہوئیں کہ روبوٹ کس طرح کسی بنجر زمین پہ ایک نیا ایکو سسٹم بنا کر وہاں کھیت لگا دے۔ اور دو تین ماہ میں یہ کامیاب تجربات بھی مکمل ہوئے کہ روبوٹ کسی بالکل ریتیلی زمین پہ جا کر اپنے ساتھ لے جانے والی اوپری مٹی کی مدد سے ایک چھوٹے ٹکڑے پہ زراعت کرتا۔ پھر زرعی اراضی کا

رقبہ رفتہ رفتہ کر کے بڑھایا جاتا اور پھر کچھ ہی مدت میں ایک بڑے خطے کو کاشت کاری کے لیے موزوں بنالیا جاتا۔ اب یہ آزمائی ہوئی ٹیکنالوجی ٹائٹین پہ کام کرنے کے لیے تیار تھی۔

اور پھر وہ دن بھی آیا جب محمود اور اس کے ساتھیوں نے نہایت اشتیاق سے اس راکٹ کو دنیا سے روانہ ہوتے دیکھا جو اوپری مٹی کے پانچ کلوگرام نمونے کے ساتھ خودکار زراعت میں ان کی ٹیکنالوجی لے کر ٹائٹین کی طرف اڑ رہا تھا۔ بے کراں خلا میں راکٹ کے سفر کے دوران بھی یہ لوگ ٹیکنالوجی کو بہتر کرنے کا کام کرتے رہے اور مستقل نت نئے کمپیوٹر پروگرام راکٹ کی طرف روانہ کرتے رہے۔ ہمارے اس سیارے پہ وہ اگست کا دوسرا ہفتہ تھا جب محمود اور اس کے ساتھیوں کی بھیجی ہوئی آدم ثانی نامی خلائی گاڑی ٹائٹین پہ بحفاظت اتر گئی۔ اس خلائی گاڑی کو سب سے پہلے ٹائٹین کی اجنبی اور زندگی سے بے زار فضا کو زمین کی فضا کے متبادل بنانا تھا۔ اس سلسے میں روبوٹ نے سب سے پہلے ایک گرین ہاؤس بنایا جہاں شمسی توانائی سے چلنے والے ایک کمپریسر کے ذریعے ہوا کو کو دبا کر اسے کثیف بنایا گیا اور گرین ہاؤس کے اندر چھوڑا گیا۔ پھر دوسرے آلات کی مدد سے گرین ہاؤس کے اندر کی فضا میں مختلف گیسوں کے تناسب کو زمینی فضا کے تناسب پہ لایا گیا۔ اب اس موافق فضا میں سطح ٹائٹین پہ موجود اوپری مٹی کی بڑھوتری کا کام شروع ہوا۔ اور یوں ٹائٹین پہ خودکار زراعت کا یہ منصوبہ ایک دلچسپ مرحلے میں داخل ہو گیا تھا۔ آگے تک کرنے والے تمام کاموں کے سلسلے میں مکمل عقل مشینوں کے پاس موجود تھی۔ محمود اور اس کے ساتھیوں نے آدم ثانی کے دنیا سے روانگی سے پہلے ہی فیصلہ کیا تھا کہ اپنے آپ کو اچنبھا دینے کے لیے وہ منصوبے کے اس مرحلے پہ خلائی گاڑی سے زمین تک کے مواصلاتی رابطے کو مکمل طور پہ بند کر دیں گے۔ کہ یہ مواصلاتی سلسلہ اس وقت بحال کیا جائے گا جب خلائی گاڑی پہلی کارآمد فصل کی کٹائی کا کام مکمل کر لے گی۔

وہ اگست چودہ اور پندرہ کی درمیانی شب تھی جب آدم ثانی کا زمینی اسٹیشن سے مواصلاتی رابطہ اچانک قائم ہوا اور ٹائٹین پہ موجود خلائی گاڑی کے روبوٹ نے مستقل ایک کلمے کو بار بار دھرانا شروع کیا۔

"کھانا تیار ہے۔ کھانا تیار ہے۔"

محمود خوشی سے اچھل پڑا۔ آدم ثانی نے بھنڈی، پیاز، اور ٹماٹر کی کامیاب کاشت کاری کے بعد شمسی چولھے کی مدد سے تین لوگوں کے لیے ترکاری تیار کرلی تھی۔

***

ختم

وہ جمعے کا روز تھا جب اچانک خبر آئی کہ حیرت انگیز طور پہ دنیا بھر میں موجود تیل کے تمام کنوؤں میں اچانک کوئی خرابی ہو گئی ہے اور کسی کنویں سے تیل کا ایک قطرہ بھی نہیں نکل پا رہا۔ وہ تیل کہ جس سے دنیا کا کاروبار چل رہا تھا، لاکھوں سال پہلے گزر جانے والے جانوروں اور درختوں سے بننے والا تیل، بس اچانک ہی بند ہو گیا تھا۔ تعجب کی بات یہ تھی کہ تیل نکالنے کے عمل میں یہ خرابی دنیا بھر میں بیک وقت واقع ہوئی تھی۔ سعودی عرب میں، کویت میں، ایران میں، وینزویلا میں، سائبیریا میں، اور دیگر مقامات پہ جہاں جہاں تیل کے کنویں تھے وہاں ہر طرح کے جتن کیے گئے کہ تیل نکالنے کا عمل پھر شروع ہو سکے مگر کامیابی نہ ہوئی۔ ہر جگہ ایک جیسی ترکیبیں استعمال کی گئیں۔ پمپ بدلے گئے، پائپ کو صاف کرنے کا کام ہوا مگر ہر تدبیر ناکام رہی اور تیل نکالنے کا کام دوبارہ شروع نہ ہو پایا۔ یہ خبر جب ذرائع ابلاغ کے ذریعے عام لوگوں تک پہنچی تو کھلبلی مچ گئی۔ کیا تیل کے ہر کنویں میں تیل موجود تھا، اور بس نکل نہیں پا رہا تھا یا تیل کے ذخائر کے متعلق اندازے بالکل غلط ثابت ہوئے تھے اور سارے کنویں اچانک خشک ہو گئے تھے؟ لوگوں میں بلا کی بے چینی تھی۔ عوام الناس کے اضطراب کو رفع کرنے کے لیے سربراہان ممالک نے بیانات جاری کرنے شروع کیے۔ شروعات روس کے صدر نے کی۔ انہوں نے ٹیلی وژن سے نشر کیے جانے والے ایک خطاب میں روسیوں کو یقین دلایا کہ تیل نکالنے کے عمل میں واقع ہونے والا خلل محض وقتی تھا۔ کہ تیل کے کنوؤں پہ کام کرنے والے

تمام انجینئیر اور تکنیکی عملہ رات دن کام میں مصروف تھے۔ اور یہ کہ امید تھی کہ پیر تک یہ مسئلہ حل ہو جائے گا اور کاروبار دنیا کی رگوں میں ایک بار پھر تیل دوڑنا شروع ہو جائے گا۔ پھر اقوام متحدہ کے سیکریٹری جنرل نے بھی اسی نوعیت کا بیان دیا۔ مختلف ممالک کے سربراہان نے بھی اپنے اپنے ملک کی رعایا کو یقین دلایا کہ تیل کے کنوؤں میں ابھی بہت تیل باقی تھا اور خرابی تیل کشی کے عمل میں تھی۔ کہ مصیبت عارضی تھی اور مسئلہ پیر تک حل ہو جائے گا۔

اس بحران کا فوری اثر تو یہ ہوا کہ تیل کے دام اچانک چڑھ گئے۔ پیٹرول بہت مہنگا ہو گیا۔ جن لوگوں کے پاس تیل موجود تھا، گاڑیوں کی ٹنکیوں میں یا دوسرے طریقوں سے، وہ پیر کا انتظار کرنے لگے۔ انہوں نے خود کو اطمینان دلایا کہ پریشانی کی کوئی بات نہ تھی۔ کہ وہ لوگ بے وقوف تھے جو مہنگے داموں تیل خرید رہے تھے۔ پیر تک گتھی سلجھی تو تیل کی قیمتیں بھی خود بخود نیچے آجائیں گی۔

سنیچر گزرا، اتوار گزرا، اور پھر پیر کا روز آگیا۔ مگر وہ خوش خبری نہ آئی کہ جس کا سب کو انتظار تھا۔ یہ خبر آئی کہ بہت کوشش کے باوجود کسی بھی جگہ تیل نکالنے کے عمل میں خرابی رفع نہ کی جا سکی تھی۔ اب تو لوگوں کے ہاتھوں کے طوطے اڑ گئے۔ تیل کی قیمت ہوش ربا ہو گئی۔ امن و امان کا مسئلہ پیدا ہو گیا۔ ان ممالک میں جہاں قانون کی حکمرانی کمزور تھی چھینا جھپٹی شروع ہو گئی۔ کئی علاقوں میں لوگوں نے ریفائنریوں پہ دھاوا بول دیا۔ دنیا کی معیشت ذرا سی دیر میں بیٹھ گئی۔ اشیائے خورد و نوش سمیت ہر چیز کے دام آسمان چھونے لگے۔ کرنسی نوٹ قریباً بے معنی ہو گئے۔ لوگ اپنی اپنی ضرورت کے حساب سے آپس میں چیزوں کا تبادلہ کرنے لگے۔

آپ یقیناً یہ سوچ رہے ہوں گے کہ میں آپ کے سامنے یہ تاریخ کیوں دہرا رہا

ہوں، کہ آخر آپ نے بھی تو یہ تمام حالات دیکھے ہیں۔ تو بات یہ ہے کہ گو تیل کے اچانک اختتام سے متعلق ہر شخص کی کہانی بالکل جدا اور بے حد دلچسپ ہے، میں دنیا کے ان چند لوگوں میں شامل ہوں جنہوں نے تیل سے اڑنے والے ہوائی جہاز کی آخری آخری سواری کی ہے۔ اس بات کو نیل گائے کے ناپید ہونے کے عمل سے واضح کرنا چاہوں گا۔ جب نیل گائے ہمارے علاقے میں ناپید ہوئی تو ایک مقامی شخص تھا جس نے آخری بار نیل گائے کا گوشت کھایا تھا۔ بس اسی طرح ہمارے علاقے میں مجھے یہ امتیاز حاصل ہے کہ میں ان آخری لوگوں میں شامل ہوں جنہوں نے ناپید ہونے والے تیل سے اڑنے والے ہوائی جہاز کی سواری کی تھی۔

جس روز یہ خبر آئی کہ دنیا بھر کے تیل کے کنوؤں سے تیل نکلنا اچانک بند ہو گیا تھا اس روز میں سان فرانسسکو میں ٹیکسی چلا رہا تھا۔ نہ جانے کیسے مجھے یہ احساس ہوا کہ معاملہ کچھ سنگین ہے اور آسانی سے حل نہ ہو پائے گا۔ اپنی چھٹی حس سے پانے والے اشارے کو قبول کرتے ہوئے میں نے ایک جاننے والے ٹریول ایجنٹ کو فون ملا دیا۔

"سلیم بھائی، مجھے فوری طور پہ پاکستان جانا ہے؟ مجھے جلد از جلد کب کا ٹکٹ مل سکتا ہے؟" میں نے فون کر کے پوچھا۔ سوہنی دھرتی ٹریول ایجنسی کے مالک سلیم بھائی سے میری پرانی جان پہچان تھی۔

سلیم نے میری آواز میں موجود گھبراہٹ کو بھانپتے ہوئے مجھ سے پوچھا۔

"کیوں شہزادے، سب خیر تو ہے؟ پاکستان میں سب لوگ خیریت سے ہیں نا؟"

سلیم کا یہ سوال بہت مناسب تھا کیونکہ مجھ جیسے نوکری پیشہ لوگ پاکستان اچانک اسی وقت بھاگتے ہیں جب ان کا کوئی چاہنے والا یا تو قریب المرگ ہوتا ہے یا اچانک گزر گیا ہوتا ہے۔

میں نے سلیم بھائی کو یقین دلایا کہ پاکستان میں سب خیریت ہے۔

تو پھر میں اچانک پاکستان کیوں جانا چاہتا تھا۔ سلیم بھائی نے مجھ سے پوچھا۔

اس نوعیت کا سوال ایک ٹریول ایجنٹ کے منہ سے کچھ اچھا نہیں لگتا۔ ٹریول ایجنٹ کو تو بس ٹکٹ بیچنے سے مطلب ہونا چاہیے۔ لوگ جتنی جلدی جلدی ادھر ادھر جائیں اتنا ہی ٹریول ایجنسی کے لیے اچھا ہے۔ مگر سلیم بھائی سے دیرینہ شناسائی کی وجہ سے ان کو مجھ سے اس قسم کا سوال پوچھنے کا حق تھا۔

"میں فوری طور پہ پاکستان اس لیے جانا چاہتا ہوں کیونکہ میں یہاں اٹک نہیں جانا چاہتا۔"

"اس بات کا کیا مطلب ہے، شہزادے؟" سلیم بھائی نے بہت اطمینان سے پوچھا۔

"اس بات کا یہ مطلب ہے کہ مجھے فوراً پاکستان پہنچا دو اس سے پہلے کہ جو جہاں ہے وہیں جم کر رہ جائے۔" میں نے بھی اطمینان سے جواب دیا۔

"یار، تم کن پہیلیوں میں باتیں کر رہے ہو؟ صاف صاف بتاؤ کیا کہنا چاہتے ہو۔" اب سلیم جھنجھلا گیا تھا۔

میں نے سلیم بھائی کو یقین دلایا کہ اگر وہ مجھے فوری طور پہ پاکستان کا ایک ٹکٹ دلا دیں تو میں ان کے دفتر آکر انہیں پوری بات سمجھا دوں گا۔

اور یوں مجھے اتوار کی رات سان فرانسسکو سے روانہ ہونے کا ٹکٹ مل گیا۔ ہونے والی بکنگ کے حساب سے میں منگل کی صبح کراچی پہنچ رہا تھا۔ میں نے بہت دم لگایا کہ مجھے ایسی پرواز مل جائے کہ میں پیر کے روز ہی کراچی پہنچ جاؤں مگر سلیم بھائی یہ کرشمہ نہ دکھا پائے۔ وہی "تمام فلائٹیں بالکل بک چل رہی ہیں" والی بات سننے کو ملی۔

جس وقت میں سان فرانسسکو سے دبئی کے لیے روانہ ہوا اس وقت تک یہی خبر تھی

کہ دنیا بھر کے تیل نکالنے والے ادارے پیر کی صبح لوگوں کو خوش خبری دیں گے، اور "پیر کی صبح" کا وہ وقت ابھی کہیں نہ آیا تھا۔

جب جہاز دبئی میں اترا تو میں نے سکھ کا سانس لیا۔ مجھے اطمینان ہوا کہ اب اگر تیل کا آخری قطرہ بھی ختم ہو گیا اور دنیا بھر میں بچ جانے والے تیل کے ذخائر پہ ہر جگہ کی فوج نے قبضہ بھی کر لیا اور اس صورتحال میں شہری ہوابازی اچانک ختم بھی ہو گئی تو میں کسی نہ کسی طرح دبئی سے کراچی پہنچ سکتا تھا۔ ہوائی جہازوں کی مکمل چھٹی ہو جانے کی صورت میں یا تو کوئی بادبانی کشتی مجھے دبئی سے کراچی پہنچا دے گی یا پھر میں خلیج فارس سے عراق اور پھر ایران سے گدھے یا گھوڑے پہ سواری کرتا ہوا واپس کراچی پہنچ جاؤں گا۔

اپنی کہانی یہاں تک لکھنے کے بعد مجھے پورا یقین ہے کہ آپ بقیہ بات کو آگے تک مکمل کر سکتے ہیں۔ کہ کس طرح تیل کے بچ جانے والے ذخائر "دفاعی ضروریات" کی مد میں استعمال کرنے کے فیصلے دنیا بھر میں کیے گئے تھے۔ کس طرح ہوائی جہاز، بسوں، اور ٹرینوں کی آمدورفت میں خلل واقع ہوا تھا۔ میری دبئی سے کراچی والی پرواز منسوخ ہو گئی تھی۔ دبئی کے ہوائے اڈے پہ دو دن گزارنے کے بعد مجھے اسلام آباد کی ایک پرواز میں چڑھایا گیا۔ پھر میں اسلام آباد سے کراچی سائیکل سے پہنچا تھا۔ اور میں نے اس پوری مدت میں انسانی درندگی اور ایثار کے ایسے ایسے نمونے دیکھے کہ جنہیں لکھنے کے لیے بہت وقت چاہیے۔ میں کراچی پہنچا تو وہاں افراتفری کا عالم تھا۔ مجھے اندازہ ہوا کہ شہروں میں خوراک عنقا ہونے والی تھی۔ اور اسی لیے میں اپنے ماں باپ اور دو چھوٹی بہنوں کے ساتھ کراچی سے باہر نکل گیا۔ ہمارے پاس دو سائیکلیں تھیں۔ میں نے کچھ اور سامان کا انتظام کر لیا تھا کہ اپنے لیے ایک چھوٹی سی پون چکی بنا سکوں۔ ہم لوگ اپنے دور پرے کے ایک ایسے رشتہ دار کے پاس پہنچ گئے جن کے پاس پانچ ایکڑ کا ایک فارم تھا۔ اسی جگہ ہم نے اپنا

کھانا اگا کر، اپنے لیے پانی صاف کر کے، تھوڑی بہت بجلی بنا کر اپنا گزارا کیا ہے۔ اور اب اس بات کو سال بھر ہونے کو آیا ہے۔ اب جا کر دنیا توانائی کے اس اچانک بحران سے باہر نکل رہی ہے۔ متبادل توانائی ذرائع پہ تیزی سے کام ہوا ہے۔ مواصلات کا نظام پوری طرح بحال ہو گیا ہے، جہاز بھی اڑنا شروع ہو گئے ہیں، لوگوں کو کھانا بھی مل رہا ہے، مگر ہر شے گراں ہے اور سب سے خوش حال شخص وہ خیال کیا جاتا ہے جو خوراک اور توانائی کی اپنی ضروریات خود پوری کر سکے۔

***

زہر

سرہانے پڑے الارم ریڈیو کی آواز سن کر رابعہ ہڑبڑا کر اٹھ بیٹھی۔ یہ ریڈیو اس نے ایک روز پہلے ہی خریدا تھا اور رابعہ اس کی آواز کی عادی نہیں تھی۔ ریڈیو کی طرف غور سے دیکھنے کے بعد رابعہ پھر لیٹ گئی، اس نے ہاتھ بڑھا کر ریڈیو کی آواز گھٹا دی۔ اس وقت صبح کے چھ بجے تھے۔ اگر وہ چھ بجے کے بجائے سوا چھ بجے بھی بستر چھوڑے تو باآسانی ناشتہ کر کے، تیار ہو کر آٹھ بجے تک اپنی کلاس میں پہنچ سکتی تھی، رابعہ نے اپنے آپ کو سمجھایا۔ رابعہ بستر پہ پڑی چھ بجے کی خبریں سنتی رہی۔ کھڑکی پہ پڑا پردہ ہوا کے زور سے پھولا ہوا تھا اور کھڑکی سے آنے والی سمندر کی ہوا کمرے میں بھر گئی تھی۔ ریڈیو سے نشر ہونے والی خبروں میں رابعہ کے لیے سب سے دلچسپ خبر ایک شہابیے سے متعلق تھی۔ خبر میں بتایا گیا تھا کہ ایک شہابیہ جو مکمل طور پہ منجمد شورے کے تیزاب پہ مشتمل تھا چند ہفتوں میں زمین سے صرف ڈیڑھ لاکھ میل کے فاصلے سے گزرے گا۔ خبر میں بتایا گیا تھا کہ کئی ممالک کے سائنس دان اس شہابیے پہ مستقل نظر رکھے ہوئے تھے کیونکہ اس زہریلے جسم فلکی کا زمین سے اس قدر قریب سے گزرنا بہت خطرناک تھا۔ اگر یہ شہابیہ زمین کی کشش ثقل میں آ کر زمین کی فضا میں داخل ہو گیا تو تیزاب سے بنا یہ بھاری ٹکڑا ذرا سی دیر میں بخارات بن کر پوری دنیا کی فضا کو زہر آلود کر دے گا۔ اگر ایسا ہوا تو ہوا میں گھلنے والا یہ زہر زمین پہ بسنے والی ہر قسم کے حیاتی نمونے کو موت کی نیند سلا دے گا۔ ریڈیو پہ خبریں ختم ہوئیں اور گانے شروع ہو گئے۔ مگر رابعہ زہریلے شہابیے کے متعلق

سوچتی رہی۔ کیا واقعی یہ تیزابی شہابچہ زمین سے ٹکرا جائے گا؟ رابعہ نے اپنے آپ سے سوال کیا۔

ایسا بعید القیاس ہے۔ یہ جسم فلکی تو ڈیڑھ لاکھ میل کے فاصلے سے گزرے گا۔ ہمارے عہد کے یہ سائنس دان کچھ کچھ دنوں بعد یونہی دنیا والوں کو پریشان کرتے رہتے ہیں، اس نے اپنے آپ کو سمجھایا۔

رابعہ نے کچھ دیر بعد گھڑی کی طرف دیکھا۔ سوا چھ بج چکے تھے۔ وہ جمائی لیتی ہوئی اٹھی اور کالج کے لیے تیار ہونے لگی۔

رابعہ ٹھیک وقت پہ کالج پہنچ گئی۔ آٹھ بجے والی کلاس کے بعد اس کے پاس ایک گھنٹہ خالی تھا۔ پھر فلکیات کی کلاس تھی۔ رابعہ نے وقفے کا ایک گھنٹہ لائبریری میں گزارا اور پھر فلکیات کی کلاس میں پہنچ گئی۔ فلکیات کے پروفیسر کو تیزابی شہابچے میں گہری دلچسپی تھی۔ کلاس کے پورے دورانیے میں اسی متعلق گفتگو ہوتی رہی۔ کس درجہ حرارت پہ شورے کے تیزاب کی کثافت کیا ہوتی ہے اور اس شہابچے میں کس قدر تیزاب موجود تھا؟ جس وقت یہ شہابچہ زمین کے پاس سے گزر رہا ہوگا اس وقت دوسرے اجسام فلکی کہاں کہاں ہوں گے اور ان کی باہمی کشمکش شہابچے پہ کس طرح سے اثر انداز ہوگی؟ اسی نوعیت کے تجزیوں میں کلاس کا پورا وقت نکل گیا۔

فلکیات کی کلاس کے بعد رابعہ کی چھٹی ہوگئی۔ وہ گھر آگئی۔ جیسے جیسے دن گزرتے گئے زہریلے شہابچے کا شور بڑھتا گیا۔ ہر روز اخباروں اور رسائل میں اس متعلق کئی مضامین ہوتے۔ ماہرین فلکیات ٹی وی پہ اس متعلق بحث کرتے نظر آتے۔ دنیا بھر کی رسد گاہوں میں کام کرنے والے سائنس دان اس جسم فلکی پہ نظر رکھے ہوئے تھے۔

چند ہفتوں کے بعد سائنس دانوں نے ایک اور تشویشناک خبر دی۔ زہریلا شہابچہ

اب زمین سے ڈیڑھ لاکھ میل کے فاصلے سے نہیں بلکہ صرف اسی ہزار میل کے فاصلے سے گزرے گا۔ یہ پیش رفت بہت خطرناک تھی۔ اس بات کا امکان بڑھتا جا رہا تھا کہ زمین کی کشش شہابیے کو اپنی طرف گھسیٹ لے گی اور شہابیہ زمین کے مدار میں داخل ہو جائے گا۔

اب ہر محفل میں لوگ اس متعلق ہی باتیں کرتے نظر آتے۔ بہت سے دین دار لوگوں کا خیال تھا کہ قیامت سر پہ کھڑی تھی۔ یہ مذہبی لوگ اب اور زور و شور سے عبادت میں مشغول ہو گئے تھے۔ دنیا بھر کے سائنس دان اس قدرتی آفت سے بچنے کی ترکیبیں سوچ رہے تھے۔ کیا زمین سے ایسے خلائی جہاز بھیجے جائیں جو شہابیے کو ایٹمی ہتھیاروں سے تباہ کرنے کی کوشش کریں؟ کیا ایسی کوشش کامیاب ہو گی؟ شہابیے کو زمین سے کتنے فاصلے پہ تباہ کرنے کی کوشش کی جائے؟ کہیں ایسا تو نہ ہو گا کہ شہابیہ تو تباہ ہو جائے مگر دھماکے سے نکلنے والا ایٹمی فضلہ رفتہ رفتہ زمین کی کشش میں آ جائے گا؟ ایسی صورت میں ایٹمی فضلہ ہمارے سروں پہ برسا تو اس کے کیا نتائج ہوں گے؟

پھر اخباروں میں یہ تجزیے شائع ہونے لگے کہ اگر شہابیہ زمین سے ٹکرا گیا تو کیا ہو گا۔ شورے کا تیزاب کس طرح ہوا میں حل ہو گا۔ پھر وہی فضا جو زندگی کی پالن ہار ہے ہماری موت کا سامان بن جائے گی۔ ایک پر مغز تجزیے میں بتایا گیا تھا کہ شہابیے کے زمین سے ٹکرانے کے دو دن کے اندر زمین پہ بسنے والے سارے انسان اور جانور مر جائیں گے۔ سمندری حیات کچھ دن تو پانی میں گھلی آکسیجن سے کام چلائے گی مگر پھر وہ بھی فضا میں موجود تیزاب کی مار کھانے لگے گی۔ ہفتے دو ہفتے میں ہر طرح کی سمندری حیات بھی ختم ہو جائے گی۔ اگر اسی وقت خلا سے کوئی مخلوق زمین پہ آئے تو اسے شہر شہر، بستی بستی، قریہ قریہ انسانوں اور جانوروں کی لاشیں بکھری ہوئی ملیں گی۔

اب ہر طرف اس ناگہانی آفت سے بچنے کی ترکیبیں کی جا رہی تھیں۔ ٹی وی پہ ایسے ماسک کے اشتہارات آنے لگے جن کو لگانے سے انسان کی جان بچ سکتی تھی۔ وہ ماسک دھڑا دھڑ بکنے لگے۔ مگر پھر معتبر سائنس دانوں کی طرف سے اخبارات میں تردید شائع ہوئی کہ کسی قسم کا ماسک لگانا محض ایک وقتی حل تھا۔ شہابیے میں اس قدر تیزاب تھا کہ وہ دنیا کی فضا کو مکمل طور پہ آلودہ کر دے گا اور کسی قسم کا بھی ماسک کچھ ہی دیر میں بے کار ہو جائے گا۔ مسئلے کا بہتر حل یہی تھا کہ شہابیے کو زمین کی فضا میں داخل ہونے سے ہی روک دیا جائے۔ پھر سائنس دانوں کا ایک اور گروہ اور طرح کی تراکیب سوچنے لگا۔ اس متعلق گفتگو ہونے لگی کہ تیزابی شہابیے کو زمین سے باہر تباہ کرنے کی کوششوں کے ساتھ حیاتی نمونوں کو دنیا سے برآمد کر کے ایسی جگہ لے جایا جائے جہاں زندگی نئے سرے سے شروع کی جا سکے۔ ترکیب یہ تھی کہ ایک خلائی جہاز نوح بنایا جائے جس میں زندگی کے چیدہ چیدہ نمونے بھر کر اس جہاز کو زمین سے باہر بھیج دیا جائے۔ مگر زمین سے باہر کہاں؟ نئی بستی بسانے کے لیے کس سیارے، کس چاند کا انتخاب کیا جائے؟ کیا ہمارے پاس اتنا وقت تھا کہ ایسی کسی بستی کو اپنے پاؤں پہ کھڑا کر سکیں؟

اور اسی دوران ان حالات کے بارے میں سوچتے ہوئے رابعہ کو اپنی بے چارگی پہ بہت غصہ آیا۔ اس کی عمر صرف انیس برس تھی۔ یہ وہ وقت تھا کہ رابعہ زندگی کے مزے اٹھاتی۔ اس کی خواہش تھی کہ اس کے سپنوں کا شہزادہ ایک روز آئے اور اسے گھوڑے پہ بٹھا کر اپنے ساتھ لے جائے۔ اور وہ دنیا کی سیر کرنا چاہتی تھی۔ جن ممالک، جن خطوں کا حال وہ کتابوں میں پڑھتی تھی، ان جگہوں پہ جا کر وہ وہاں رہنے والوں کا مشاہدہ کرنا چاہتی تھی۔ مگر اب اس بات کا امکان بڑھتا جا رہا تھا کہ رابعہ کے یہ سارے ارمان اس کی عنقریب ختم ہونے والی زندگی کے ساتھ گھٹ کر مر جائیں گے۔ اپنے حالات پہ غصہ

ہونے کے بعد وہ اپنے اوپر ترس کھانے لگی۔ اس نے زور زور سے رونا شروع کر دیا۔ اور اسی آہ وزاری کے دوران بہت دور سے گھنٹی کی ایک آواز آئی جو وقت کے ساتھ ساتھ بڑھتی گئی۔

رابعہ کی آنکھ کھل گئی۔ اف، کس قدر بھیانک خواب تھا۔ رابعہ بستر پہ پڑی پڑی اس خواب کے متعلق سوچنے لگی۔ اس نے شکر کیا کہ وہ زندہ تھی اور مستقبل قریب میں کوئی زہریلا شہابچہ زمین کی فضا کو زہر آلود نہیں کرنے والا تھا۔ رابعہ نے زور کا سانس لیا تو ہوا میں موجود ایک خاص قسم کی بو اس کے نتھنوں سے ٹکرائی۔ ان دنوں رابعہ چھٹیاں منا رہی تھی۔ الارم اس نے اس وجہ سے لگایا تھا کہ وہ صبح اٹھ کر ساحل سمندر پہ جا سکے۔ وہاں اسے ایک اہم کام سے جانا تھا۔ رابعہ ہمت کر کے بستر سے اٹھ گئی۔ غسلخانے میں جا کر چند چھینٹے منہ پہ مارنے کے بعد وہ ساحل سمندر کی طرف نکل کھڑی ہوئی۔ جیسے جیسے رابعہ ساحل کے قریب پہنچ رہی تھی ویسے ویسے فضا میں تیل کی بو بڑھتی جا رہی تھی۔ اور وہ بو اس وجہ سے تھی کہ تیل لے جانے والا ایک جہاز کراچی کی بندرگاہ کے قریب اتھلے پانی میں پھنس گیا تھا۔ پہلے اس جہاز میں کئی جگہ سوراخ ہوئے اور ان سوراخوں سے تیل رسنا شروع ہو گیا۔ اور صرف ایک روز پہلے جہاز دو حصوں میں ٹوٹ گیا تھا۔ جہاز میں لدا تمام کثیف تیل سمندر کے پانی میں مل گیا تھا۔ رابعہ دوپٹے سے ناک بند کیے ساحل کے ساتھ ساتھ چلتی رہی۔ سمندر کا پانی تیل کی ملاوٹ سے سیاہ پڑ گیا تھا۔ وہ مچھلیاں جو اپنے ماحول میں زہر کی ملاوٹ سے ہراساں تھیں، اب اس زہر سے شکست کھا کر دم توڑ گئیں تھیں۔ رابعہ ایک جگہ جھک کر تیل میں لتھڑی ان مردہ مچھلیوں کا معائنہ کرنے لگی جو ساحل پہ قطار سے پڑی تھیں۔

***

ہر کام وقت پہ

آج دفتر سے گھر کی طرف واپس جاتے ہوئے میں ذیشان سے اپنی دیرینہ دوستی کے بارے میں سوچ رہا تھا۔ میں سوچ رہا تھا کہ زندگی کس قدر تیزی سے گزر جاتی ہے۔ یہ کل کی بات معلوم دیتی ہے کہ ذیشان اور میں محلے کے اسکول میں ساتھ پڑھا کرتے تھے۔ ذیشان کا پورا نام ذیشان نور صدیقی تھا اور ان دنوں بچے ذیشان کو اسی طرح اس کے پورے نام سے پکارتے تھے۔ شام کے وقت میں ذیشان کو کھیلنے کے لیے بلانے اس کے گھر جا کر گیٹ کی کنڈی کھٹکھٹاتا اور زور سے آواز لگاتا، "ذیشان نور صدیقی۔" اس آواز پہ سب سے پہلے ذیشان کی ماں جھانک کر باہر دیکھتی اور پھر کچھ ہی دیر بعد ذیشان کھیلنے کی پوری تیاری کے ساتھ باہر نکلتا۔

ذیشان طبیعت میں مجھ سے بہت مختلف تھا۔ وہ ہر کام وقت پہ بلکہ اکثر و بیشتر وقت سے پہلے ہی کر لیا کرتا تھا۔ میں کبھی ٹھیک وقت پہ اسکول نہ پہنچ پایا جب کہ ذیشان اسکول کا گھنٹہ بجنے سے پانچ دس منٹ پہلے ہی وہاں پہنچا ہوتا۔ ذیشان اسکول سے ملا ہوا کام بھی وقت سے پہلے مکمل کر کے جمع کرا دیا کرتا تھا۔

میرے متعلق شاید یہ تو نہیں کہا جا سکتا کہ میرا دل پڑھائی میں نہیں لگتا تھا لیکن اس بات میں کوئی شک نہیں کہ شروع ہی سے میری طبیعت ایسی تھی کہ میں کسی قسم کی پابندی برداشت نہیں کرتا تھا اور وقت کی پابندی تو مجھے بہت ہی بری لگتی تھی۔ میں ہر کام اپنی مرضی سے، اپنے حساب اور اپنی سہولت سے کرنا چاہتا تھا۔

میٹرک کے امتحان میں ذیشان نے بہت اچھے نمبر حاصل کیے۔ میری کارکردگی بھی اتنی بری نہیں رہی۔ نمبروں میں کسی قدر ذیشان سے پیچھے رہ جانے کے باوجود میرا داخلہ بھی اس کالج میں ہو گیا جہاں ذیشان کا داخلہ ہوا تھا۔ اسکول کی طرح کالج میں بھی ذیشان نے مثالی کارکردگی کا مظاہرہ کیا۔ یہاں بھی وہ ہر کام باقی طلبا سے پہلے کر لیا کرتا تھا۔ مجھے یاد ہے کہ کس طرح ریاضی کا مطالعہ کرتے ہوئے میں بہت مشکل سے چوتھائی کتاب ختم کر پایا تھا کہ ذیشان نے مجھے خبر دی کہ وہ اپنے گھر پہ آنے والے ایک رشتہ دار کی مدد سے پوری کتاب ختم کر چکا تھا اور اب اسباق کو دہراتا ہوا چوتھائی کتاب تک پہنچا تھا۔ پہلے سال کے امتحان کے بعد جب میں تھک چور کر آرام کر رہا تھا تو ذیشان دوسرے سال کی کتابیں ختم کرنے میں لگا ہوا تھا۔

انٹر کے امتحان میں بھی ذیشان نے نمایاں کامیابی حاصل کی اور اس کا داخلہ شہر کے بہترین انجینئیرنگ کالج میں ہو گیا۔ اب کی بار میں ذیشان سے بہت پیچھے رہ گیا اور بہت تگ و دو کے بعد ایک پولی ٹیکنک میں داخلہ لینے میں کامیاب ہوا۔ ذیشان اور میں الگ الگ درس گاہوں میں پڑھ رہے تھے مگر ایک محلے میں رہنے کی وجہ سے اب بھی باقاعدگی سے ملا کرتے تھے۔ اس وقت تک میری طبیعت پڑھائی سے اچاٹ ہو چکی تھی۔ اب میری پوری کوشش ہوتی کہ نصاب کی کتابیں صرف اس قدر پڑھوں کہ امتحان پاس کر لوں۔ کسی قسم کی شاندار کامیابی حاصل کرنے کی خواہش میرے اندر موجود نہ تھی۔ یہی وہ وقت تھا کہ میں نے ادھر ادھر کی کتابیں پڑھنا شروع کیں۔ سلسلہ ابن صفی کی جاسوسی کتابوں سے شروع ہوا اور بڑھتے بڑھتے سنجیدہ ادب تک پہنچ گیا۔

مجھے اچھی طرح یاد ہے کہ جب ذیشان انجینئیرنگ کے آخری سال میں تھا تو ایک دن چند کاغذات ہاتھ میں لیے میرے پاس آیا تھا۔

"کیا تم نے آئی ٹوئنٹی حاصل کرنے کی کوشش کی ہے ؟ کیا تمھاری آئی ٹوئنٹی آنے والی ہے ؟" ذیشان نے مجھ سے پوچھا۔

"یہ آئی ٹوئنٹی کیا ہوتی ہے اور یہ کہاں سے آتی ہے ؟" میں نے بے ساختہ پوچھا۔

میری اس بات پہ ذیشان کے چہرے پہ ایسے تاثرات ابھرے کہ جیسے اسے میری جہالت پہ دلی افسوس ہوا ہو۔

ذیشان نے مجھے وہ کاغذات دکھائے جو وہ اپنے ساتھ لایا تھا۔ اس کا داخلہ امریکہ کی ایک اچھی جامعہ میں ہو گیا تھا۔ ساری کاغذی کاروائی مکمل ہو چکی تھی۔ امتحان کا آخری پرچہ دینے کے بعد ذیشان کو فورا امریکہ کوچ کر جانا تھا۔ میں ایک دفعہ پھر ذیشان سے بہت پیچھے رہ گیا تھا۔ مگر ذیشان میرے لیے مشعل راہ تھا۔ میں نے اسی وقت ذیشان سے امریکہ میں داخلہ لینے کا پورا طریقہ کار سمجھا۔ پولی ٹیکنک سے پڑھنے کے بعد امریکہ جانا کسی قدر مشکل تھا مگر ناممکن نہ تھا۔

انجنئیرنگ کا آخری امتحان دینے کے بعد ذیشان حسب ارادہ و منصوبہ امریکہ روانہ ہو گیا۔ میں کافی عرصہ کراچی میں ادھر ادھر ٹامک ٹوئیاں مارتا رہا۔ مگر میں بھی ڈھیٹ تھا۔ ایک پرانی گاڑی کی طرح ہانپتا کانپتا ہر جگہ پہنچ ہی جاتا تھا۔ میں بھی ذیشان کے پیچھے پیچھے امریکہ پہنچ گیا۔ جس وقت میں نے ایک کمیونٹی کالج میں پڑھائی شروع کی اس وقت ذیشان انجینئیرنگ میں ایم ایس کی سند حاصل کرنے والا تھا۔ اور انہیں دنوں اس کی شادی بھی ہو گئی۔ اس نے مجھے فون پہ بتایا کہ پڑھائی ختم کرنے سے پہلے شادی کرنے کے پیچھے یہ مصلحت تھی کہ اسٹوڈینٹ ویزا پہ بیوی فورا امریکہ آ سکتی تھی جب کہ دوسری طرح کے ویزوں پہ مشکلات تھیں۔ جیسے تیسے پڑھائی ختم کرنے کے بعد جب تک میں امریکہ میں ملازمت تلاش کرتا، ذیشان کے گھر ایک بچہ بھی ہو چکا تھا۔ میرے بچپن کے

ساتھیوں میں ذیشان پہلا لڑکا تھا جس کے گھر بچہ ہوا تھا۔

ذیشان اور میں دو مختلف شہروں میں تھے، مگر یہ اس کی بڑائی تھی کہ وہ فون پہ مجھ سے مستقل رابطہ رکھتا تھا۔ اسی کی زبانی مجھے اپنے دوسرے پرانے ساتھیوں کی شادیوں اور ان کے گھر ہونے والے بچوں کے متعلق خبریں ملتیں رہیں۔ میں طبیعتاً آوارہ تھا اس لیے ازدواجی زندگی کی ذمہ داری سے بھاگتا رہا۔ مگر ایک دفعہ جب میں اپنے والدین سے ملنے کراچی گیا تو مجھے پکڑ کر میری بھی شادی کر دی گئی۔

اپنی بیوی شازیہ کو امریکہ لانے میں مجھے بہت سے مسائل درپیش آئے مگر کئی سالوں کے انتظار کے بعد وہ بالاخر امریکہ پہنچ ہی گئی۔ شازیہ کے امریکہ پہنچنے پہ ہم دونوں امریکہ کی سیر کے لیے نکلے۔ ہم بیس دن کے سفر کے بعد نیویارک پہنچے اور پھر شمالی ریاستوں سے ہوتے ہوئے واپس ٹیکس پلٹے۔ اسی سفر میں ہم ذیشان کے گھر بھی ٹھہرے۔ اس وقت تک ذیشان کے تین بچے ہو چکے تھے۔ وہ بچے اتنے بڑے ہو چکے تھے کہ میں انہیں دیکھ کر سوچ میں پڑ گیا۔ ذیشان ایک دفعہ پھر مجھ سے بہت آگے نکل گیا تھا۔ رات کے کھانے کے بعد ذیشان اور میں بہت دیر تک باتیں کرتے رہے۔ ذیشان کی خواہش تھی کہ بچوں کو ایک حد تک امریکہ میں تعلیم دلانے کے بعد انہیں پاکستان لے جایا جائے تاکہ وہ روایتی پاکستانی گھرانے کے آداب سے واقف ہو سکیں۔ مستقبل میں بہت آگے تک ذیشان کے منصوبے بہت پختہ تھے۔ بڑا لڑکا کب کالج پہنچے گا۔ لڑکی کی شادی کب کرائی جائے گی۔ ذیشان ریٹائرمنٹ کے بعد سوشل سیکیورٹی کی رقم سے کس طرح پاکستان میں گزرا کرے گا۔ غرض کہ زندگی کا شاید ہی کوئی ایسا پہلو ہو جو اس کے خیال اور تجزیے سے محروم رہا ہو۔ اور اس کے مقابلے میں میری زندگی تھی، الل ٹپ۔ ذیشان کی منصوبہ بندی دیکھ کر میں اپنے آپ کو لعنت ملامت کرتا رہا کہ میں اس قدر لا

ابالی کیوں ہوں، مگر پھر میں نے اپنے آپ کو اس خیال سے بہلا لیا کہ ذیشان دنیا کے ان معدودے خاص لوگوں میں ہے جو ہر کام کو وقت پہ اور مکمل منصوبہ بندی سے کرنے کی صلاحیت رکھتے ہیں۔ جب کہ میں ایک عام آدمی ہوں کہ کہ جس طرف حالات کا تھپیڑا لے چلتا ہے، چل پڑتا ہوں۔ اس خیال میں یہ طمانیت تھی کہ میں تنہا نہیں ہوں بلکہ دنیا کے اکثر لوگ میری طرح کے بے وقوف اور غیر منتظم ہیں۔

امریکہ کی اچھی طرح سیر کرنے کے بعد میں واپس اپنی نوکری پہ پہنچ گیا اور اپنے کام میں مشغول ہو گیا۔ شازیہ کو بھی رفتہ رفتہ امریکہ سمجھ میں آگیا۔ اس نے ڈرائیوری سکھانے والے ایک اسکول میں ملازمت کر لی۔

وقت گزرتا گیا۔ پھسلتی ریت کی طرح ماہ و سال ہاتھوں سے نکلتے رہے۔ ایک دن ذیشان کا فون آیا کہ وہ حسب منصوبہ پاکستان منتقل ہو رہا تھا۔ اس نے امریکہ میں اپنا گھر بیچ کر کراچی میں ایک گھر خریدا تھا اور باقی رقم اپنے بہنوئی کے ساتھ ایک کاروبار میں لگا دی تھی۔ ذیشان پاکستان چلا گیا اور میری زندگی امریکہ میں بغیر کسی منصوبہ بندی کے گزرتی رہی۔ میں ہر سال دو سال سردیوں میں پاکستان ضرور جاتا تھا۔ اور جب بھی میں وہاں پہنچتا تو میری ملاقات ذیشان اور اس کے گھر والوں سے لازماً ہوتی۔ ذیشان پاکستان میں بہت زیادہ خوش تو نہیں تھا مگر وہ اپنے بچوں کی اچھی تربیت کے خیال سے وہیں رہنا چاہتا تھا۔

میں پچھلی سردیوں میں تین سال کے وقفے کے بعد پاکستان گیا تھا۔ کراچی پہنچنے کے دوسرے دن ہی میں ذیشان سے ملنے گیا۔ بظاہر وہ بالکل ٹھیک ٹھاک ہٹا کٹا نظر آیا تھا۔

مگر اگلے روز صبح ہی صبح مجھے ذیشان کے چھوٹے لڑکے نعمان کا فون موصول ہوا۔ نعمان اسپتال سے بات کر رہا تھا۔ ذیشان کا انتقال ہو چکا تھا۔ میں نعمان کی یہ بات سن کر سکتے میں آگیا۔

"کیسے ؟کیوں ؟" میں نے غیر یقینی سے پوچھا۔ نعمان نے بتایا کہ ذیشان معمول کے مطابق فجر کی نماز کے لیے بہت سویرے اٹھا تھا مگر بستر سے کچھ ہی دور جا کر گر گیا۔ ذیشان کی بیوی بھاگی بھاگی وہاں پہنچی اور اس نے ذیشان کو اٹھانے کی کوشش کی مگر کامیاب نہ ہو پائی۔ اس نے آواز دے کر بچوں کو بلا لیا۔ ذیشان کے دونوں لڑکوں نے کسی طرح باپ کو اٹھا کر بستر پہ ڈالا۔ وہ مستقل ذیشان کو آوازیں دیتے رہے مگر ذیشان نے کوئی جواب نہ دیا۔ انہوں نے فون کر کے ایمبولینس کو بلا لیا۔ کچھ ہی دیر میں ایمبولینس آ گئی اور وہ ذیشان کو لے کر اسپتال پہنچ گئے۔ اسپتال کے ہنگامی وارڈ میں ذیشان کا معائنہ کرنے والے ڈاکٹر نے ذیشان کے گھر والوں کو بتایا کہ ذیشان کو مرے ہوئے پینتالیس منٹ سے زیادہ ہو چکے تھے۔ یہ بات سن کر ذیشان کا بڑا لڑکا سلمان ہذیانی آواز میں چیخیں مارنے لگا۔

"تم اتنے آرام سے کیسے کہہ سکتے ہو کہ ان کا انتقال ہو گیا ہے ؟ ارے، ابھی کچھ دیر پہلے تو یہ زندہ تھے۔ دیکھو، ان کا جسم اب تک گرم ہے۔ کوئی سی پی آر کرو، کوئی بجلی کے جھٹکے دو، دیکھو، یہ ابھی اٹھ بیٹھیں گے۔"

وہ جونئیر ڈاکٹر سلمان کے ڈرانے دھمکانے میں آ گیا۔ ذیشان کی لاش کو بجلی کے کئی جھٹکے دیے گئے۔ ہر دفعہ بجلی کا جھٹکا دینے پہ لاش ریگزین کے بستر سے چند انچ اوپر اٹھی اور پھر ایک بھاری پتھر کی طرح دھم سے واپس بستر پہ گر گئی۔

ذیشان کو موت کے اندھیرے چنگل سے نکال کر زندگی کی روشنی میں لانے کی کوئی کوشش کامیاب نہ ہوئی۔

یہ سارا حال سننے پہ میں فوراً اسپتال پہنچ گیا۔ میں صدمے میں تھا مگر میں نے ہر ممکن کوشش کر کے اپنے آپ کو سنبھالے رکھا اور ذیشان کی بیوی اور تینوں بچوں کو دلاسہ دیا۔ ہم ذیشان کی لاش گھر لے آئے۔ اس وقت تک ذیشان کے دوسرے رشتہ دار بھی گھر

میں جمع ہو چکے تھے۔ بڑے بوڑھوں کے مشورے کے مطابق عصر کے بعد تدفین ہو گئی۔

قبرستان سے واپس گھر آتے ہوئے ذیشان کے ساتھ گزرنے والا ایک ایک لمحہ فلم کی کسی ٹکڑے کی طرح میری نظروں کے سامنے دوڑ رہا تھا۔ موت کے وقت ذیشان کی عمر باون سال تھی۔ پاکستان میں مردوں کی اوسط عمر بھی یہی ہے۔

***

ڈائری

ابتدائیہ: مجھے پوری امید ہے کہ میں ایک دن خیریت سے واپس وطن پہنچ جاؤں گا۔ لیکن اگر میری موت میدان جنگ میں لکھی ہے تو میری خواہش ہے کہ میری موت کے بعد یہ ڈائری میرے والدین مارک اور ایلا کلاٹ کو سوسٹی، آئیوا پہنچادی جائے۔

پہلا دن:

ہم میں سے بیشتر اب تک اونگھ رہے ہیں۔ ہم ساری رات کے سفر کے بعد یہاں پہنچے ہیں۔ ہمارے کمانڈنگ افسر نے ہمیں بتایا ہے کہ ہمیں یہاں دو گھنٹے آرام کرنا ہے، پھر ناشتے کے بعد ہمیں ہمارے مستقل ٹھکانے تک لے جایا جائے گا۔

کسی دوسرے ملک پہنچنے کا یہ طریقہ بہت نرالا ہے۔ نہ پاسپورٹ کی ضرورت، نہ ویزے کی جھنجھٹ۔ بس دندناتے ہوئے وہاں پہنچ جاؤ۔ اور پھر مورچہ سنبھال لو۔

مگر ہم یہاں ایک اعلی مقصد کے لیے آئے ہیں۔ ہم اس ملک کو اس طور سے بدلنے آئے ہیں کہ آئندہ پچاس نسلیں ہماری ممنون ہوں گی۔ یہ لوگ ہمارا احسان مانیں گے کہ ہم نے ان کو ایک مطلق العنان حکمراں سے نجات دلا کر یہاں جمہوریت قائم کر دی۔

دسواں دن:

وہ کیسا منحوس دن تھا جب میں نے آرمی ریزرو میں بھرتی کے لیے اپنا نام لکھوایا تھا۔ کچھ دوستوں نے مشورہ دیا تھا کہ سوویت یونین کے ٹکڑے ہونے کے بعد اب جنگ

نام کی چیز دنیا سے ختم ہو جائے گی اور آرمی ریزرو میں شرکت میرے لیے آسان مستقل آمدنی کا ایک ذریعہ بن جائے گی۔

اور میرے اندر فیصلہ کرنے کی صلاحیت اس قدر کم کیوں ہے کہ میں کسی طریقے سے ریزرو سے باہر نہ نکل سکا؟ اور اب میں یہاں موجود ہوں، اپنی طبیعت کے بالکل برخلاف۔ جنگ و جدل سے میرا کیا واسطہ؟

بائیسواں دن:

یاسیت کا ایک سیاہ بادل ہے جو کل سے مجھ پہ چھایا ہے۔ اوکانر ہلاک ہو گیا۔ میری اوکانر سے اچھی بنتی تھی۔ ایک دن پہلے آپ نے جن لوگوں سے ہنسی خوشی باتیں کی ہوں، جن کے ساتھ اچھا وقت گزارا ہو، وہ یوں اچانک موت کی آغوش میں چلے جائیں تو بہت برا لگتا ہے۔ کیسا ہے یہ زندگی اور موت کا تماشہ۔

اکتائیس واں دن:

میرے خدایا، یہ میں کس عذاب میں پھنس گیا ہوں؟ یہاں قتل و غارت گری کے علاوہ کچھ نہیں ہے۔ روز ہمارے دو چار ساتھی ہلاک ہوتے ہیں اور روز ہم تیس چالیس مقامی لوگوں کو مار دیتے ہیں۔ میں نے کافی غور و خوض کے بعد یہ نتیجہ نکالا ہے کہ،

A freedom fighter is a terrorist who wins

مجاہد آزادی وہ دہشت گرد ہوتا ہے جو جیت جاتا ہے۔

جنگ اور دہشت گردی میں کوئی فرق نہیں ہے۔ ہر جنگ دہشت گردی ہے۔ جارج واشنگٹن ہار جاتا تو دہشت گرد کہلاتا، جیت گیا تو آج ہم اس کی تعریفیں کرتے نہیں تھکتے۔ میں آج جس خون خرابے کے ماحول میں ہوں اس میں دہشت گرد کون ہے، اس کا فیصلہ بھی وقت کرے گا۔

تینتالیس واں دن:

میں نے عربی سیکھنا شروع کر دی ہے۔ ایک مخبر جو ہمارے لیے کام کرتا ہے مجھے روز عربی کے پانچ نئے الفاظ سکھاتا ہے۔

پچاسی واں دن:

اب مجھے اتنی عربی آگئی ہے کہ میں لوگوں سے ادھر ادھر کی باتیں کرلیتا ہوں۔

کل گشت کے دوران مجھے ایک شخص سے بات کرنے کا موقع ملا تھا۔ اس نے مجھے بتایا کہ اس کے دونوں لڑکوں کو مار دیا گیا تھا۔ اس کا کہنا تھا کہ امریکی فوجیوں نے ان دونوں لڑکوں کو مارا ہے۔ ان کی عمریں بارہ اور پندرہ سال تھیں۔ میں نے کہا یقیناً وہ لڑکے دہشت گردوں کے ساتھ کام کر رہے ہوں گے۔ اس شخص نے قسمیں کھائیں کہ اس کے دونوں لڑکے اس کے حکم کے خلاف گھر سے باہر قدم بھی نہیں نکلتے تھے۔ وہ دونوں بھائی ایک دن اپنے گھر کی چھت پہ کھڑے باہر کا نظارہ کر رہے تھے کہ سامنے سڑک سے ایک امریکی فوجی قافلہ گزرا۔ پھر فائرنگ کی آواز آئی اور چھت سے زور دار چیخیں سنائی دیں۔ یہ شخص بھاگا بھاگا چھت پہ پہنچا تو اس کے دونوں لڑکے خون میں لت پت پڑے تھے۔ ایک نے وہیں دم توڑ دیا تھا، جب کہ دوسرے نے اسپتال لے جانے کے دوران جان دے دی۔ یہ بتانے کے بعد وہ شخص پھوٹ پھوٹ کر رونے لگا۔

اس نے کہا کہ،

"ہمیں جمہوریت نہیں چاہیے۔ ہمیں امن چاہیے۔"

مجھے سمجھ نہیں آرہا تھا کہ میں اسے کیا کہوں۔ میں نے منمناتے ہوئے کہا کہ،

"مگر یہ تکلیف کچھ دنوں کی ہے۔ ایک دفعہ جمہوری نظام چلنا شروع ہو گیا تو تمھیں صدیوں امن ملے گا۔"

"مگر ان لاکھوں لوگوں کو کیا ملے گا جو اس دوران ہلاک ہو جائیں گے ؟" اس نے پوچھا۔

میں نے کہا کہ، "ہر مقصد کے لیے کوئی نہ کوئی قربانی تو دینی ہوتی ہے۔"

وہ شخص مجھ سے مستقل بحث کرتا رہا۔

"تمھیں کس نے کہا کہ اس ملک کا سیاسی نظام بدلنا ضروری تھا۔ اور اگر بالفرض ایسا تھا بھی تو کیا اس بات میں صداقت نہیں ہے کہ جو تبدیلی وقت کے ساتھ بتدریج آئے وہ پائیدار ہوتی ہے ؟"

میں ہمدردی میں اس شخص کی پیٹھ تھپتھپا کر آگے بڑھ گیا۔

سوواں دن:

میں اپنے ماں باپ سے محبت کرتا ہوں۔ اور مجھے سنڈی سے محبت ہے۔ اور بالعموم مجھے اس دنیا سے اور دنیا کے تمام لوگوں سے محبت ہے۔ کہتے ہیں کہ محبت بہت طاقتور جذبہ ہے۔ مجھے گمان ہے کہ میری محبت کا یہ غبار حفاظت کا حصار بن کر میرے گرد موجود رہتا ہے۔ اور اسی لیے آج سو دن گزرنے کے بعد بھی نہ تو میری ٹیم پہ حملہ ہوا اور نہ ہی کوئی ایسا موقع آیا کہ میں کسی پہ گولی چلاؤں۔

میں نے آج صبح یہ بات اپنے کمانڈنگ افسر کو بتائی تھی۔ وہ کچھ دیر تک میری آنکھوں میں آنکھیں ڈالا مجھے غور سے دیکھتا رہا۔ پھر اس نے سخت لہجے میں کہا کہ میں اس قسم کی زنانہ باتیں نہ کیا کروں۔

"ہم حالت جنگ میں ہیں۔ یہاں مردانگی کا کام ہے۔"

مجھے یہ بات سمجھ میں نہ آئی کہ آخر محبت کی باتیں کرنا زنانہ کیوں ہے ؟

ایک سو اکیس واں دن:

ویسے تو یہاں عموماً گرمی ہی رہتی ہے مگر دو دن سے یہاں گرمی کی ایک شدید لہر آئی ہوئی ہے۔ صبح جیسے ہی سورج نکلتا ہے ہر شے تپنا شروع ہو جاتی ہے اور دوپہر تک تو یہ عالم ہوتا ہے کہ سانس لینے میں تکلیف ہو رہی ہوتی ہے۔ اس گرمی میں پورا فوجی لباس لادے چلنا بہت برا لگتا ہے۔

ایک سو تیس واں دن:

آج ایک خاص دن تھا۔ ہمیں کھانے کے ساتھ پاویلی کی عمدہ شراب ملی۔ میں نے کیبرے سوونیوں کے تین گلاس پیے۔ میری سوچ ابھی تک لطیف بادلوں پہ سوار ہے۔ ہم اپنی زندگی اس طرح کیوں نہیں گزار سکتے کہ شانتی سے سارا دن بہت محنت سے کام کریں، کچھ تعمیر کریں، کچھ تخلیق کریں، اور پھر رات کے کھانے کے ساتھ کیبرنے سو وینیوں کے تین گلاس پی کر آرام سے سو جائیں؟

ایک سو اکتالیس واں دن:

آج صبح ناشتے کے دوران ہماری میز پہ بیٹھے فریڈ نیلسن نے کہا کہ،

"یہ لوگ جانور ہیں۔ کوالا جیسا قابل محبت جانور نہیں بلکہ گندا، وحشی، غلیظ جانور۔ وہ جانور جس سے آپ کو گھن آئے۔ وہ جانور جس کے حق میں سب سے اچھی بات یہ ہے کہ اسے ہلاک کر دیا جائے۔"

یہ بات سن کر مجھ سے نہ رہا گیا اور میں نے بے اختیار پوچھا کہ،

"کیا تم کاغذ کے اس ٹکڑے کو بھول گئے ہو جس پہ ہمارے جد نے لکھا تھا کہ، 'تمام انسان برابر ہیں'؟"

یہ بات کہنے پہ میری رپورٹ ہو گئی۔ میرے کمانڈنگ افسر نے مجھے اپنے دفتر میں بلا کر کہا میں زیادہ افلاطون بننے کی کوشش نہ کروں۔ ایسی باتیں کروں جیسی یہاں باقی لوگ

کرتے ہیں۔

مگر میں ایسی باتیں نہیں کر سکتا۔

اسی لیے میری یہ ڈائری میری سب سے عمدہ رفیق ہے۔ یہ خاموشی سے میری ساری باتیں سنتی ہے۔

ایک سو باون واں دن:

کل ہماری ہم وی ایک جگہ چار گھنٹے کھڑی رہی۔ ہمیں ریڈیو پہ آگے خطرے کا پیغام ملا تھا۔ پھر فوراً ہی یہ بھی معلوم ہوا تھا کہ ہم جس راستے سے آئے ہیں وہاں بھی دہشت گرد متحرک نظر آئے ہیں۔ شاید ہمارے قافلے کو گھیر کر مارنے کی کوشش تھی۔ ہمیں ہدایت کی گئی کہ ہم وہیں چوکنے کھڑے رہیں۔ اس درمیان ہماری مدد کے لیے اے دس تھنڈر بولٹ بھیجے جائیں گے، جو ہمارے آگے اور پیچھے راستے کو صاف کریں گے۔ کچھ ہی دیر میں وہاں پانچ تھنڈر بولٹ آ گئے جو اگلے چار گھنٹے تک مختلف عمارتوں کو نشانہ بناتے رہے اور ان پہ بم برساتے رہے۔

اس انتظار کے دوران مائک نے بہت وضاحت سے بیان کیا کہ دو دن پہلے کس طرح اس نے دشمن کا یوں نشانہ لیا کہ دشمن کی دونوں آنکھوں کا وسط عین رائفل کے مثبت نشان پہ تھا۔ اور کس طرح دشمن بالکل بے خبر تھا جب کہ مائک رائفل پہ لگی دوربین سے اسے اچھی طرح دیکھ سکتا تھا۔ اور پھر کس طرح جب مائک کو یقین ہو گیا کہ دشمن نے حرکت کرنا بند کر دی تھی، مائک نے ٹریگر کو دبایا۔ اور پھر کس طرح مائک نے دشمن کے بھیجے کو اڑتے ہوئے دیکھا اور کس طرح دماغ کے چھوٹے چھوٹے لال ٹکڑے قریبی دیوار پہ جا کر چپک گئے۔ مجھے اس بیان سے اس قدر کراہیت آئی کہ میں رات کا کھانا نہ کھا سکا۔ انسان اس قدر بے حس کیسے ہو جاتا ہے کہ بے رحمی سے کسی دوسرے انسان کو ہلاک کر

دے ؟ اور کیا یہ لوگ واپس جا کر ایک عام زندگی گزار سکیں گے ؟ کیا قتل و غارت گری کے یہ سارے واقعات آسیب بن کر ان کا پیچھا نہ کریں گے ؟

ایک سو پچاسی واں دن:

آج ایک بار پھر مجھے سخت وارننگ دی گئی۔ کمانڈنگ افسر نے مجھے اپنے کمرے میں بلا کر خوب کھری کھری سنائیں اور پھر نہایت طنز سے کہا کہ،

"تمھارے ساتھ کے باقی لوگ تو بھاگ کر کینیڈا چلے گئے ، تم یہاں کیسے چلے آئے ؟"

بات یوں شروع ہوئی کہ آج صبح گشت پہ روانہ ہونے سے پہلے افسر نے اپنی تقریر میں کہا کہ،

"ہم کسی کے دل کے اندر گھس کر نہیں دیکھ سکتے کہ اس دل میں نفرت ہے یا نہیں۔ آسان حل یہ ہے کہ ہم ہر اس شخص کو جس کے متعلق ہمیں خیال ہے کہ وہ ہم سے نفرت کرتا ہے، ختم کر دیں۔ اور ہم ایسا اس لیے کریں گے کیوں کہ ہم ایسا کر سکتے ہیں۔"

مجھے افسر کی یہ بات بہت احمقانہ لگی۔ کسی ایک شخص کے دل کی نفرت کو اگر اس طرح مار کر ختم کیا گیا تو کیا یہ نفرت پورے معاشرے میں سرائیت نہ کر جائے گی؟ یہ تو ہمارے لیے سراسر نقصان کا سودا ہو گا۔ میں نے اپنے دل کی یہ بات گشت پہ جانے والے اپنے ساتھیوں سے کر دی۔

ان میں سے ایک نے جواب دیا کہ،

"ہمارے دشمن کے دل میں ہمارے لیے کوئی رحم نہیں ہے۔ وہ کسی بھی موقع پہ، کسی بھی طرح وار کر کے ہمیں مارنا چاہتا ہے۔ یہ میدان جنگ ہے۔ یہاں بدھا کی تعلیم کا امتحانی مقابلہ نہیں ہو رہا ہے۔"

میں نے جواب دیا کہ،

"مگر یہ دشمنی تو ہم نے پیدا کی ہے۔ ہم ان کے ملک میں گھس آئے ہیں۔ اور ہم اپنی بے رحمی سے اپنے لیے اور دشمن پیدا کر رہے ہیں۔ گاندھی نے کہا تھا کہ اگر آنکھ کا بدلہ آنکھ سے لیا گیا تو بہت جلد دنیا اندھے لوگوں سے بھر جائے گی۔"

شام تک میری شکایت افسران بالا تک پہنچ چکی تھی۔

دو سو دسواں دن:

آج جب میں کھانا کھا کر میز سے اٹھا تو دور کسی اور میز پہ کسی نے مجھے دھیمی آواز میں القاعدہ کا ایجنٹ کہا۔

دو سو پینتالیس واں دن:

خدا کا شکر ہے کہ مجھے اس جگہ سے نجات ملنے والی ہے۔ کل ہمارے کیمپ پہ حملہ ہوا تھا۔ مائک اس حملے میں ہلاک ہو گیا۔ مارٹی کو گہرے زخم آئے ہیں۔ میری ٹانگ پہ بھی ایک گولی لگی۔ مجھے اور میرے دوسرے زخمی ساتھیوں کو اس فیلڈ اسپتال پہنچا دیا گیا جہاں اس وقت میں ایک سفید بستر پہ بیٹھا یہ ڈائری لکھ رہا ہوں۔ ہم زخمیوں کو بتایا گیا ہے کہ چوبیس گھنٹے کے اندر ہمیں بغداد پہنچا دیا جائے گا اور پھر ہمارے صحت یاب ہونے پہ محاذ سے ہماری چھٹی ہو جائے گی اور ہمیں واپس وطن لے جایا جائے گا۔

میں اس بات کی توجیہ تلاش کر رہا ہوں کہ ہم پہ ہونے والے حملے میں مائک کیوں ہلاک ہوا اور مجھے سب سے کم نقصان کیسے پہنچا۔ کیا یہ مکافات عمل ہے؟ کیا مائک کے اندر نفرت کا جو طوفان تھا اس کو اس کا ہم پلہ مد مقابل مل گیا؟ یا یہ سب کچھ اتفاق ہے؟ یہاں موت اور زندگی کا جوا جاری ہے اور کسی کو کچھ معلوم نہیں کہ اگلی پرچی پہ کس کا نام لکھا ہو گا؟

مگر میں اس وقت بہت خوش ہوں۔ میں یہاں گزارے آٹھ ماہ کے دوران کبھی اتنا خوش نہیں تھا جتنا کہ اس وقت ہوں۔

میں اس وقت کا شدت سے انتظار کر رہا ہوں جب میں واپس گھر پہنچوں گا۔ میں اپنے ماں باپ کو بھینچ کر پیار کروں گا، اور یہ جانوں گا کہ محبت بہت قیمتی شے ہے۔ اس کا بہت احترام کرنا چاہیے۔ اور یہ جہاں سے ملے وہاں اس سے تپاک سے ملنا چاہیے اور محبت کرنے والے لوگوں کا شکریہ ادا کرتے رہنا چاہیے۔

اور اب میری زندگی کا ایک اہم مقصد ہے۔ مجھے واپس پہنچ کر ایک ضروری قانون کی منظوری کی کوشش کرنی ہے۔ اور قانون یہ ہو گا کہ جو صدر، جو قانون ساز جنگ کرنے کا فیصلہ کرے وہ یا تو خود اپنے آپ کو لڑنے کے لیے پیش کرے یا پھر اپنی اولاد کو اس کار خیر میں آگے کرے۔ اگر جنگ کی نظر کرنے کے لیے تمھارے پاس تمھارا کوئی پیارا نہیں ہے تو تمھیں جنگ شروع کرنے کا کوئی حق نہیں ہے۔

ڈائری کے پشتی صفحے پہ درج نوٹ:

پرائیویٹ کلاٹ کو جس کانوائے کے ساتھ بغداد لایا جا رہا تھا اس پہ چار اکتوبر کی رات سخت حملہ ہوا۔ اس حملے میں تین لوگ ہلاک ہوئے۔ پرائیویٹ کلاٹ ان ہلاک ہونے والوں میں شامل تھا۔ اس ڈائری پہ لکھی پرائیویٹ کلاٹ کی خواہش کے مطابق یہ ڈائری مارک اور ایلا کلاٹ کو سوسٹی، آئیوا روانہ کی جا رہی ہے۔

دستخط

کمانڈنگ افسر

***

برکتوں کا مہینہ

سروس ختم ہونے پہ چرچ آہستہ آہستہ خالی ہو رہا تھا۔ لوگ فادر جوزف سے ہاتھ ملا کر رخصت ہو رہے تھے۔ مگر جان مارٹن آنکھیں بند کیے ایک بینچ پہ بیٹھا تھا۔ جب ہال میں فادر جوزف کے علاوہ صرف فادر جوزف کی بیوی ایمی اور جان مارٹن رہ گئے تو فادر جوزف جان کی طرف بڑھے۔

"سب ٹھیک ہے نا جان؟"

فادر جوزف کی آواز پہ جان مارٹن نے آنکھیں کھول دیں۔

"ہاں سب ٹھیک ہے فادر۔ بس آپ سے ایک بات کرنا چاہ رہا تھا،" جان نے نشست سے اٹھ کر مودبانہ لہجے میں فادر سے کہا۔

"ہاں، پوچھو، جان۔" فادر جوزف نے جان سے کہا۔

"میں دراصل آپ سے اکیلے میں بات کرنا چاہ رہا تھا،" جان مارٹن نے اگلی صف میں بیٹھی ایمی کی طرف دیکھ کر کہا۔

فادر جوزف نے ایک لمحے کے لیے اس فرمائش کے بارے میں سوچا اور پھر فوراً ہی پلٹ کر ایمی سے مخاطب ہوئے۔

"ایمی، ایسا کریں کہ آپ گھر چلی جائیں۔ میں جان سے بات کر کے آتا ہوں۔"

ایمی فادر کی بات ختم ہونے سے پہلے ہی اپنی نشست سے کھڑی ہو گئی تھی۔ اس نے جان مارٹن کی بات سن لی تھی۔

"بائے، جان۔ سی یو نیکسٹ ٹائم۔" ایمی نے جاتے جاتے جان سے کہا۔

جان نے بھی تقریباً ان ہی الفاظ میں ایمی کی بات کا جواب دیا۔

ایمی کے ہال سے نکلنے پہ فادر جوزف جان کے برابر میں بیٹھ گئے۔ جان مارٹن بھی کچھ سکڑا سمٹا اپنی نشست پہ پھر سے براجمان ہو گیا۔

"ہاں، بولو، جان۔ کیا پوچھنا چاہتے ہو؟" فادر نے جان کی طرف غور سے دیکھتے ہوئے پوچھا۔

"فادر، میں یہ پوچھنا چاہ رہا تھا کہ مقدس انجیل ملک سے وفاداری کے بارے میں کیا کہتی ہے۔" جان نے کسی قدر جھجکتے ہوئے پوچھا۔

فادر جوزف نے یوں سر ہلایا جیسے وہ جان مارٹن کے ذہن میں برپا کشمکش کو سمجھ چکے ہوں۔

"جان، تمھیں شاید یاد ہو کہ پچھلے یوم آزادی پہ میری تقریر اسی متعلق تھی۔ مختصر یہ کہ ایک ملک میں رہنے والے لوگ ایسے ہیں کہ جیسے ایک کشتی میں سوار مسافر۔ کشتی کی عافیت میں سارے مسافروں کی عافیت ہے اور اسی لیے اپنے باہمی اختلافات کے باوجود مسافروں کی تمام تر دلچسپی کشتی کی سالمیت میں ہونی چاہیے۔ تم یہ مثال سمجھ رہے ہو نا، جان؟"

فادر جوزف کی بات کے جواب میں جان نے یوں سر ہلایا کہ جیسے فادر کی بات سمجھنے کے باوجود اس کے دل میں کچھ شک و شبہات ہوں۔ ایک لمحے کی خاموشی کے بعد فادر نے جان سے پوچھا۔

"جان، تم بتاؤ کہ تمھارے ذہن میں کیا کلبل ہو رہی ہے؟"

"فادر، آپ کی بات تو سمجھ میں آتی ہے مگر جب ملک کی اکثریت اقلیت کے خلاف

ہو جائے تو کیا کیا جائے۔ جب مستقل ہم پہ آوازیں کسی جائیں، کبھی ہمیں چوڑا کہا جائے، کبھی کرنٹا کہا جائے تو آخر کب تک ضبط کیا جائے؟" جان نے ہمت کر کے دل کی بات کہہ دی۔

"جان، میں ان باتوں کو سمجھتا ہوں مگر یاد رکھو کہ پانچوں انگلیاں برابر نہیں ہوتیں۔ پوری اکثریت ہمارے خلاف نہیں ہے۔ بس یہ چند ہی نادان لوگ ہیں جن کے پاس اس طرح کی باتیں کرنے کا فالتو وقت ہے۔ جس طرح تم بھونکتے آوارہ کتے کو نظر انداز کر دیتے ہو، بالکل اسی طرح ان لوگوں کو بھی نظر انداز کر دو۔" فادر نے ٹھہرے لہجے میں جان کو سمجھایا۔

جان پندرہ منٹ سے اوپر فادر کے ساتھ بیٹھا رہا اور فادر کے سمجھانے بجھانے پہ مطمئن ہو کر گھر روانہ ہو گیا۔

جان مارٹن ایک ایسی ایڈورٹائزنگ کمپنی میں کام کرتا تھا جس کا دفتر چندریگر روڈ پہ تھا۔ جان کی رہائش جیکب لائنز میں تھی جہاں سے دفتر بہت زیادہ دور نہ تھا مگر جان دوپہر کا کھانا اپنے ساتھ لے کر جاتا تھا۔ آج اس معمول میں یوں خلل آیا تھا کہ جان صبح عباس کی گاڑی پہ دفتر آیا تھا اور گاڑی سے اپنا لنچ باکس نکالنا بھول گیا تھا۔ عباس جان کو دفتر چھوڑ کر ایک کام سے کورنگی روانہ ہو گیا تھا اور یوں جان اس وقت اپنے لنچ باکس سے کئی میل دور تھا۔ کوئی عام دن ہوتا تو اس مسئلے کو دفتر کے باہر موجود کسی ریستوراں سے کھانا لے کر حل کیا جاسکتا تھا مگر وہ ایک عام دن نہ تھا۔ وہ ماہ رمضان کا ایک روز تھا۔ برکتوں کا وہ مہینہ کہ جب دن کے وقت جان مارٹن کو ہر روزہ دار بھوکے شیر کی طرح نظر آتا تھا۔ جان مارٹن نے ایک لمحہ اپنے مسئلے کے بارے میں سوچا اور پھر اسے حل سمجھ میں آگیا۔ وہ سٹی

ریلوے اسٹیشن جا کر کھانا کھا سکتا تھا۔ جان کے دفتر سے سٹی اسٹیشن محض دس منٹ کے پیدل فاصلے پہ تھا اور ریلوے اسٹیشن پہ مسافروں کے کھانے پینے کا مکمل انتظام تھا۔

ٹھیک ایک بجے جان دفتر سے نکلا اور سٹی اسٹیشن کی طرف چلنا شروع ہو گیا۔ ریلوے اسٹیشن کے اندر معمول کی گہما گہمی تھی۔ کتابوں کی دکان کے ساتھ کھڑے ایک ٹھیلے پہ سموسے تلے جا رہے تھے۔ جان ٹھیلے کے گرد جمگھٹا لگائے لوگوں کے ساتھ کھڑا ہو گیا۔ اسے بہت بھوک لگی تھی اسی لیے اس نے تین سموسے خریدے۔ مگر دو سموسے کھانے کے بعد ہی اسے محسوس ہوا کہ اس کا پیٹ بھر گیا تھا۔ جان نے ٹھیلے والے سے ایک لفافہ مانگ کر تیسرے سموسے کو اس میں ڈالا اور دفتر کی طرف واپس چلنا شروع ہو گیا۔

دفتر سے کچھ فاصلے پہ جان نے سموسے کے لفافے میں جھانکا۔ سموسے کا ایک کرکرا کونا جھڑ کر لفافے میں گر گیا تھا۔ جان نے ادھر ادھر دیکھا۔ کوئی اس کی طرف نہیں دیکھ رہا تھا۔ جان نے سموسے کا ٹوٹا ٹکڑا لفافے سے نکال کر جھٹ منہ میں ڈال لیا۔ ٹھیک اسی وقت کسی نے جان پہ پیچھے سے وار کیا۔ حملہ آور نے پیچھے سے جان کی گردن پکڑ کر جان کی ٹانگ پہ زوردار لات ماری تھی۔ یہ وار اتنا اچانک اور زوردار تھا کہ جان فٹ پاتھ پہ گر گیا۔

"بے شرم، روزہ خور۔ روزے میں کھانا کھاتا ہے۔ تجھے شرم نہیں آتی؟" ایک نوجوان جان کو کھری کھری سنانے کے ساتھ ساتھ اس کو لاتیں مار رہا تھا۔ یہ شور شرابہ سن کر اور لوگ وہاں جمع ہو گئے۔ دو آدمیوں نے بیچ میں کود کر جان کا دفاع کیا اور نوجوان کو نرمی سے سمجھایا کہ وہ جان کو معاف کر دے۔ اسی درمیان وہاں پہنچنے والا ایک داڑھی بردار شخص جان کی حمایت میں کھڑا ہو گیا۔

"تم کیا خدائی فوجدار لگتے ہو، یہاں پر؟" داڑھی والے نے جان کی پٹائی کرنے

والے نوجوان سے پوچھا۔ نوجوان نے کسی قدر غصے سے داڑھی والے کی طرف دیکھا اور پھر سر جھٹک کر وہاں سے روانہ ہو گیا۔

داڑھی والے آدمی نے جان کو سہارا دے کر کھڑا کیا۔ جان نے اپنے کپڑے جھاڑے اور ٹائی کو کالر میں برابر کیا۔ اس ہنگامہ آرائی میں سموسہ لفافے سے نکل کر فٹ پاتھ پہ آگیا تھا۔ جان نے ایک نظر فٹ پاتھ پہ پڑے سموسے اور اس کے لفافے کی طرف دیکھا اور پھر سموسے کو اٹھانے کا ارادہ ترک کر دیا۔

جان داڑھی والے شخص کا مختصر شکریہ ادا کر کے آگے بڑھ گیا۔ دفتر کی سیڑھیاں چڑھنے سے پہلے جان نے ایک دفعہ پھر اپنے کپڑوں کا طائرانہ جائزہ لیا اور قمیض کی آستینوں کو ہلکا سا جھاڑنے کے بعد قمیض کو پتلون میں اچھی طرح اڑسا۔

اپنے لباس کی طرف سے مطمئن ہونے کے بعد جان نے فادر جوزف کو ایک موٹی سی گالی دی اور دفتر کی سیڑھیاں چڑھنے لگا۔

***

بے وفا

وہ دونوں بہت دیر سے ریستوراں میں بیٹھے تھے۔ پورے دس سال بعد افتخار کی ملاقات اپنے دوست محمود سے ہوئی تھی۔ وہ کھانا ختم کر چکے تھے اور پچھلے دس سالوں کے معرکے ایک دوسرے کو سنا رہے تھے۔

افتخار شادی شدہ تھا اور ایک بچے کا باپ تھا جب کہ محمود اب تک چھڑا تھا۔ محمود نے افتخار کو بتایا کہ وہ عورت کو سمجھنے کی کوشش کر رہا تھا۔ اس کوشش میں اس کا یارانہ پہلے ایک سفید فام لڑکی سے رہا تھا، پھر ایک سوڈانی سے، اور آج کل اس کے روز و شب ایک فلپینو لڑکی کے ساتھ بسر ہو رہے تھے۔ محمود نے افتخار سے اپنی فلپینو آشنا کی بہت تعریف کی۔

"یار، ویسے یہ فلپینو لڑکیاں زبردست ہوتی ہیں۔ اپنے مرد کو اوتار کا درجہ دیتی ہیں،" محمود نے کہا، اور پھر کچھ دیر بعد افتخار سے پوچھا، "شادی سے پہلے تمھیں بھی کچھ تجربہ ہوا، ڈیٹنگ کا۔"

افتخار نے محمود کو بتایا کہ اسے اس قسم کا کوئی تجربہ نہیں ہوا۔ اور ایسا تجربہ نہ ہونے کے پیچھے کسی قسم کے مذہبی خیالات کا دخل نہ تھا بلکہ ایسا کوئی موقع ہی نہ بن پایا۔ تعلیم ختم کرنے کے بعد افتخار نے نوکری شروع کر دی اور پھر کچھ ہی عرصے میں والدین کے زور دینے پہ شادی کر لی۔

"تم نے بھی کمال کیا، افتخار۔ ماں کی گود سے نکل کر سیدھے بیوی کی گود میں پہنچ

گئے، "محمود نے ہنستے ہوئے افتخار سے کہا۔

افتخار سے اپنی اگلی ملاقات میں محمود نے افتخار کو اپنی آشنا کونسوئیلا سے ملا دیا۔ کونسوئیلا ایک ہنس مکھ، خوش شکل لڑکی تھی۔ اس ملاقات کی سب سے اچھی بات یہ تھی کہ کونسوئیلا اپنے ساتھ اپنی سہیلی کرسٹی کو لائی تھی۔ محمود کو صاف نظر آیا کہ کرسٹی کو دیکھ کر افتخار کی آنکھوں میں چمک آگئی تھی۔ اور واقعی افتخار کو کرسٹی بہت بھائی تھی۔ وہ لڑکی کیا تھی، نسوانی شرارت کا پیکر تھی۔ افتخار کا بس نہ چلتا تھا کہ کرسٹی کو وہیں گلے لگالے۔

اور ادھر کرسٹی بھی افتخار میں دلچسپی لے رہی تھی۔

"میں نے تیری شادی وغیرہ کے بارے میں ان لوگوں کو کچھ نہیں بتایا ہے، اس لیے جو کہانی سنانا چاہ سنا، "محمود نے موقع پاکر افتخار سے اردو میں کہا۔

اور پھر کچھ ہی دیر میں اس قسم کی معلومات کے تبادلے کا موقع بھی آگیا۔ کرسٹی نے افتخار کو ٹٹولنے کی غرض سے پوچھا کہ آیا افتخار تنہا رہتا تھا۔ افتخار نے اثبات میں جواب دیا اور کرسٹی کو مزید بتایا کہ کچھ عرصے پہلے تک اس کی ایک گرل فرینڈ تھی مگر اس آشنا سے افتخار کی بات نہیں بنی تھی اور اب افتخار تنہا ہی تھا۔ یہ بات واضح تھی کہ کرسٹی کو افتخار کا یہ جواب بہت پسند آیا تھا۔

افتخار اور کرسٹی کے درمیان فون نمبروں کا تبادلہ ہوا اور کھانے کے بعد وہ جدا ہو گئے۔ مگر یہ جدائی بہت لمبی ثابت نہ ہوئی۔ اگلے روز ہی افتخار نے کرسٹی کو دفتر سے فون کر دیا۔ کچھ دیر ادھر ادھر کی باتوں کے بعد افتخار نے کرسٹی سے ملاقات کی خواہش ظاہر کی اور یہ طے پایا کہ وہ دونوں اگلے دن شام کے وقت ایک ریستوراں میں ملیں گے۔

اگلے دن مقررہ وقت پہ افتخار اس ریستوراں پہنچ گیا جہاں اسے کرسٹی سے ملنا تھا۔

کچھ ہی دیر میں کرسٹی وہاں آگئی۔ وہ دونوں کھانا کھاتے رہے اور چاہت بھری نظروں سے ایک دوسرے کی طرف دیکھتے رہے۔ وہ ریستوراں سے کھانا کھا کر باہر نکلے تو بے مقصد چہل قدمی کرنے لگے۔ افتخار نے کرسٹی کی کمر میں ہاتھ ڈال دیا۔ کرسٹی نے اس بات کا بالکل برانہ منایا بلکہ اپناہاتھ بھی افتخار کی کمر میں ڈال دیا۔ یہ دونوں اسی طرح جڑے جڑے کچھ دور تک چلے اور پھر ان کے درمیان فاصلے اور کم ہوتے گئے۔ اس رات افتخار بارہ بجے گھر پہنچا۔ اس کا بچہ انوار سوچکا تھا مگر سمیرہ ایک کتاب پڑھ رہی تھی۔ افتخار نے سمیرہ سے دفتر میں کام کی زیادتی کا بہانہ کیا۔ سمیرہ نے کھانے کو پوچھا تو افتخار نے جواب دیا کہ وہ کھانا کھاچکا تھا۔

ایسااس سے پہلے کبھی نہیں ہوا تھااس لیے سمیرہ نے اس بات کو بہت زیادہ اہمیت نہ دی مگر جب وقت گزرنے کے ساتھ افتخار اور کرسٹی کی شبینہ ملاقاتوں کا سلسلہ بڑھا اور افتخار سمیرہ سے جھوٹ بولتے ہوئے آنکھیں چرانے لگا تو سمیرہ سخت پریشان ہوگئی۔ افتخار جیسے مرد عورتوں کو بے وقوف سمجھتے ہیں اور نہیں جانتے کہ عورتیں مردوں کو کھلی کتاب کی طرح پڑھنے کی خداداد صلاحیت رکھتی ہیں۔

سمیرہ نے ادھر ادھر اپنی سہیلیوں سے مشورہ کیا۔ انہیں دنوں ایک دیسی چینل پہ ایک پروگرام "بے وفا" نامی شروع ہوا تھا۔ ہندی اردو میں نشر ہونے والا یہ پروگرام دراصل انگریزی پروگرام "چیٹرز" کی نقل میں تھا، اور اصل پروگرام کی طرح اس میں بھی بے وفالوگوں کی پکڑ ہوتی تھی۔ کیونکہ یہ پروگرام جنوبی ایشیا سے تعلق رکھنے تارکین وطن سے متعلق تھااس لیے اس میں اکثروبیشتر بے وفامرد ہی پکڑے جاتے تھے۔ لوگوں کے مشورے پہ سمیرہ نے "بے وفا" پروگرام کے پروڈیوسر سے رابطہ کیا اور اس رابطے کے پانچ دن کے اندر ہی افتخار رنگے ہاتھوں پکڑا گیا۔

بے وقت دروازے کی دستک پہ کرسٹی ڈر گئی تھی۔ اس نے افتخار سے دروازہ کھولنے کو کہا۔ افتخار نے دروازہ کھولا تو ہر طرف سے اس پہ روشنی کی بوچھاڑ ہو گئی۔ وہاں ہر زاویے سے افتخار کی عکس بندی کی جارہی تھی اور افتخار اپنے زیر جامے میں بے وفا کی ٹیم اور سمیرہ کے سامنے مجرم بنا کھڑا تھا۔ بے وفا کا ٹی وی میزبان مائکروفون افتخار کے سامنے لا کر افتخار سے پوچھ رہا تھا کہ اس طرح پکڑے جانے پہ افتخار اپنی بیوی سے کیا کہنا چاہے گا۔ جب افتخار کو کچھ سمجھ میں نہ آیا کہ وہ کیا کہے تو اس نے سمیرہ سے واپس گھر جانے کو کہا۔ اتنی چیخ و پکار سن کر کرسٹی بھی جلدی جلدی کپڑے پہن کر دروازے تک پہنچ گئی تھی۔

"سمیرہ، میں گھر پہنچ کر تم کو ساری بات بتاؤں گا،" افتخار نے چلا کر سمیرہ سے کہا اور کرسٹی اور سمیرہ کے درمیان کسی قسم کے تبادلہ کلام ہونے سے پہلے دروازہ مضبوطی سے بند کر دیا۔

افتخار کی تاکید کے باوجود سمیرہ اور بے وفا کی ٹیم بہت دیر تک وہیں کھڑی رہی۔ وہ دروازے کو پیٹتے رہے۔ مگر جب افتخار کی فون پہ پولیس سے شکایت پہ پولیس وہاں پہنچ گئی تو مجمع چھٹ گیا۔ اور اس درمیان افتخار کو کرسٹی کو بھی بات سمجھانے میں بہت مشکل ہوئی۔ افتخار نے کرسٹی سے جھوٹ بولا کہ سمیرہ اس کی پرانی آشنا تھی جس سے اس کے تعلقات بہت پہلے ختم ہو چکے تھے۔ کیونکہ بے وفا کی ٹیم سے افتخار کی مختصر بات اردو میں ہوئی تھی اس لیے کرسٹی پوری بات سمجھ نہ پائی تھی اور اس نے افتخار کی بات کا اعتبار کر لیا۔

کچھ دیر میں افتخار کرسٹی سے رخصت لے کر وہاں سے روانہ ہو گیا۔ باہر نکل کر اس نے سمیرہ کو فون کیا۔ دوسری طرف موجود آوازوں کو سن کر افتخار نے سختی سے سمیرہ سے کہا،

"سمیرہ، میں گھر آ کر تم سے پوری بات کرنا چاہتا ہوں، بہت دیانت داری سے۔ مگر تمھیں ان کیمرے والوں کو وہاں سے بھگانا ہو گا۔ میں ان کے سامنے تم سے کوئی بات نہیں کر سکتا۔ ان کو فوراً دفع کرو۔ ہم میاں بیوی اپنے معاملات آپس میں نمٹا سکتے ہیں۔ میں تم سے اپنی شادی ختم نہیں کرنا چاہتا، مگر یہ لوگ ایسا ہی چاہتے ہیں۔ ان کو فوراً گھر سے بھگا دو۔"

یہ کہنے کے بعد افتخار نے فون رکھ دیا۔

فون رکھنے کے بعد سمیرہ نے کچھ سوچا اور پھر بے وفا کی ٹیم کو وہاں سے روانہ ہونے کو کہا۔ پروگرام کے پروڈیوسر نے سمیرہ سے حجت کی کہ سمیرہ کو چاہیے کہ وہ دوسرے لوگوں کے سامنے ہی افتخار سے بات کرے مگر سمیرہ پروڈیوسر کی اصل دلچسپی سمجھتی تھی۔ تھوڑے سی بحث کے بعد بے وفا کی ٹیم گھر سے روانہ ہو گئی۔

گھر پہنچ کر افتخار نے اپنی گاڑی کچھ فاصلے پہ کھڑی کی۔ وہ فلموں کے کسی جاسوسی کردار کی طرح نپے تلے قدموں کے ساتھ اپنے گھر کی طرف بڑھ رہا تھا۔ مگر گھر کے قریب پہنچ کر اسے اندازہ ہوا کہ گھر میں سمیرہ اور انوار کے علاوہ کوئی نہ تھا۔ افتخار چوروں کی طرح گھر میں داخل ہوا۔

دروازہ کھلنے کی آہٹ سن کر سمیرہ نے جلدی سے ایک کتاب اٹھا لی۔ افتخار اندر داخل ہو کر سمیرہ کے برابر میں آ کر بیٹھ گیا۔ اب سمیرہ نے کتاب اپنے سامنے سے ہٹا دی تھی اور منتظر نظروں سے افتخار کی طرف دیکھ رہی تھی۔

"سمیرہ، مجھے سمجھ میں نہیں آ رہا کہ میں کن الفاظ میں تم کو بتاؤں کہ میں تم سے اور اپنے آپ سے کس قدر شرمندہ ہوں،" افتخار نے ٹھہر ٹھہر کر کہا۔

"کتنی آسانی سے آپ نے کہہ دیا کہ آپ شرمندہ ہیں۔ آپ کو اندازہ ہے کہ آپ

نے میرا دل کیسے توڑا ہے۔ میں نے آپ پہ اندھا اعتبار کیا اور آپ نے اس اعتبار کا مجھے یہ صلہ دیا؟" سمیرہ نے چلا کر کہا اور اتنا کہنے کے بعد پھوٹ پھوٹ کر رونے لگی۔ افتخار نے قریب پہنچ کر سمیرہ کو کندھوں سے پکڑنے کی کوشش کی تو سمیرہ نے بدن کو جھٹک کر افتخار کی گرفت سے چھڑا لیا۔ افتخار کے ہاتھ ہوا میں ساکت رہ گئے۔ اس نے سمیرہ کو اتنے غصے میں پہلے کبھی نہیں دیکھا تھا۔

"سمیرہ، اگر ہمیں اپنی شادی برقرار رکھنی ہے تو تمھیں مجھے معاف کرنا ہوگا،" کچھ دیر بعد افتخار نے ہمت جمع کر کے سمیرہ سے کہا۔

اس وقت تک سمیرہ کی سسکیاں رک چکیں تھیں۔

"کتنا آسان ہے آپ کے لیے معافی مانگنا؟ مگر آپ نے ایسی حرکت کی کیوں؟"

سمیرہ کی اس بات میں افتخار کو امید کی ایک کرن نظر آئی۔ اسے محسوس ہوا کہ سمیرہ صلاح کے لیے آمادہ تھی۔

"بس سمیرہ یوں سمجھو کہ میں نے بے وقوفی میں یہ حرکت کی۔ کرسٹی وہاں موجود تھی، وہ میری طرف بڑھی اور میں اس جال میں پھنستا چلا گیا۔ میں نے چار سال تمھارے ساتھ گزارے ہیں۔ میں نے ان چار سالوں میں تم سے کبھی بے وفائی نہیں کی۔ اس مہینے بھر کی غلطی کو میری چار سال کی وفاداری پہ حاوی نہ ہونے دو۔ مجھے معاف کر دو" افتخار نے ندامت سے کہا۔ جواب میں سمیرہ نے کوئی جواب نہیں دیا۔ افتخار کی امید بڑھ گئی۔

کچھ دیر کی خاموشی کے بعد اس نے کہا۔

"شاید ہم مرد یوں ہی بہک جاتے ہیں۔ مگر اچھی طرح جان لو کہ اس سارے معاملے کے باوجود میرے دل میں تمھاری محبت کبھی کم نہیں ہوئی۔ میں تمھیں ایسے ہی چاہتا ہوں جیسے شادی کے پہلے دن چاہتا تھا۔"

سمیرہ کے آنسو رک گئے تھے اور وہ دور خلا میں گھور رہی تھی۔

"شاید مرد ذات ایسی ہی ہوتی ہے۔ میں قدرت کی دی گئی طبیعت کے ہاتھوں مجبور ہو گیا تھا۔ تم اگر مرد ہوتیں تو شاید تم بھی اس طرح بہک جاتیں،" افتخار نے اتنا کہنے کے بعد اپنے آپ کو لگام دی۔ وہ یہ بھی کہہ سکتا تھا کہ مرد ذات تنوع چاہتی ہے۔ کہ یہ فلموں کی باتیں ہیں کہ اگر کسی مرد نے اپنی بیوی سے بے وفائی کی تو پھر اس کے دل میں اپنی بیوی کے لیے محبت ختم ہو گئی۔ کہ مرد ایک ساتھ کئی عورتوں سے محبت کرنے کی سکت رکھتا ہے۔ مگر جتنی بات افتخار نے کہی تھی اتنی کہنے کے بعد اسے اندازہ ہو گیا تھا کہ اس وقت اس موضوع پہ بات آگے بڑھانا خطرناک تھا۔ مگر افتخار نے جتنی بات کی، اتنی سمیرہ کے سمجھنے کے لیے کافی تھی۔

"تو اگر مرد کی طبیعت ایسی ہے تو اس کا مطلب یہ ہے کہ آپ آئندہ بھی ایسا کریں گے۔ کرسٹی نہ ہو گی تو کوئی اور ہو گی،" سمیرہ نے آتش بار نظروں سے افتخار کی طرف دیکھتے ہوئے کہا۔

افتخار سنبھل کر بیٹھ گیا تھا۔

"نہیں سمیرہ۔ میں تم سے وعدہ کرتا ہوں کہ اپنے آپ کو قابو میں رکھوں گا۔ میں اس بات کو ذہن میں رکھوں گا کہ میری اس حرکت سے تمھیں کتنی تکلیف ہوئی ہے،" افتخار نے کہا اور پھر کمرے میں طویل خاموشی چھا گئی۔ اس درمیان وہ دونوں اپنے اپنے ذہنوں میں بپا طوفانوں سے لڑتے رہے۔

"اور ایک غلطی تم نے بھی کی۔ تمھیں 'بے وفا' سے رابطہ کرنے کی کیا ضرورت تھی؟ تم یوں ہی میرا پیچھا کر کے مجھے پکڑ سکتی تھیں۔ اب تم پوری دنیا کو ہم دونوں کے بیچ میں لے آئی ہو،" کچھ دیر بعد افتخار نے کہا۔

"آؤ یہ شہر چھوڑ کر کہیں اور چلے جائیں۔ ہم وہاں جا کر نئے سرے سے اپنی زندگی کا آغاز کریں گے۔"

یہ آخری جملہ کہنے کے بعد افتخار سمیرہ کی طرف بہت دیر تک دیکھتا رہا اور پھر سمیرہ کو سوچتا چھوڑ کر کمرے میں سونے کے لیے چلا گیا۔

سمیرہ نے اس بارے میں بہت سوچا اور اگلی صبح اپنا فیصلہ افتخار کو سنا دیا۔

دو ہفتے کے اندر وہ لوگ اپنا سامان باندھ کر شہر سے روانہ ہو گئے۔

***

کارخانہ

وہ نیم روشن راہ داری میں چلتا ہوا عمارت کے آخیر تک چلا گیا۔ اس کے دونوں طرف وہ دفاتر تھے جو چند ماہ پیشتر لوگوں سے بھرے ہوتے تھے۔ اب وہاں کوئی نہ تھا۔ اس سناٹے میں اسے صرف اپنے چلنے کی آواز سنائی دے رہی تھی۔

اس نے جب اس جگہ کام کرنا شروع کیا تھا تو وہ اپنے اطراف لوگوں کو دیکھ کر حیران ہوتا تھا۔ ان میں سے بیشتر ایسے تھے جو کئی دہائیوں سے وہاں کام کر رہے تھے۔ وہ زندگی کے تجربات کرتے، مختلف نوکریاں کرتے ایک روز وہاں پہنچ گئے۔ ان کو اس جگہ پہ کام کی دھیمی رفتار بہت پسند آئی۔ انہیں یہ جگہ ایسی بھائی کہ وہ یہاں کے ہو رہے۔

وہ روز یہاں آتے اور دہائیوں تک ایسا کرتے رہے۔ حتی کہ وقت کے ساتھ ان کے چہروں پہ پڑی لکیریں، شکست وریخت کی وہ نشانیاں جو اعلان کرتی ہیں کہ موت کی جیت کچھ دور نہیں ہے، وہ لکیریں ان کے چہروں پہ گہری ہوتی گئیں۔ وقت کا لمحہ لمحہ گزرنا اور اس کارخانے میں کام کرنا ان کے لیے ایک ہی حقیقت کے دو نام تھے۔ کارخانے میں کام ان کی زندگی کا ایک بڑا جز تھا، اور زندگی کے جاگتے وقت کا بہت بڑا حصہ۔

ان کی زندگی کے تمام اہم واقعات میں یہ کارخانہ اپنا مستقل مقام رکھتا تھا۔ محبت، شادی، ولادت، طلاق، بچوں کی پڑھائی اور ان کے چھوٹے چھوٹے مسائل حل کرنا۔ کارخانہ ہر موقع پہ ان کے ساتھ ہوتا، اچھے وقتوں میں، اور برے سمے میں۔ ایسی شامیں

کہ جب وہ ہنس ہنس بے حال ہو جاتے تھے ، اور ایسی راتیں کہ جب غم سے ان کا سینہ پھٹا جاتا تھا۔ محبتیں کرنے کے موسم، اداس ہونے کے دن، یخ بستہ صبح، اور ایسے دن جب دوپہر میں ہر شے تپ رہی ہوتی اور ایسی بلا کی گرمی پڑتی کہ سانس رکتا محسوس ہوتا۔ کارخانہ ہر موڑ پہ ان کی زندگی کا لازمی جزرہا۔

شاید اس کارخانے میں کام کو کسی جہاز کی سواری تصور کیا جا سکتا تھا۔ کہ جس طرح جہاز کے سارے مسافر ایک دوسرے سے تمام اجنبیت کے باوجود ایک دوسرے سے بہت گہرا تعلق رکھتے ہیں، کچھ یوں ہی اس کارخانے میں کام کرنے والے تمام لوگ بھی تھے۔ وہ یہاں کام کرنے والے ہر شخص کو ذاتی طور پہ نہ بھی جانتے ہوں، مگر اس کے وجود سے ضرور واقف تھے۔ کہ یہ ایک ایسا جہاز تھا جس کی سواری دن کے وقت کی تھی۔ کام سے پہلے اور کام کے بعد وہ اپنی نجی زندگیوں میں لوٹ سکتے تھے مگر کارخانے سے باہر کی ان کی زندگی بھی کارخانے کے اثر سے آزاد نہ تھی۔ ان کی ہر گفتگو میں یہاں ان کے ساتھ کام کرنے والوں کے نام اور تذکرے اس تواتر کے ساتھ آتے کہ ان کی باتیں سننے والوں کو وہ ساتھ کام کرنے والے ان کے قریبی اعزا سے زیادہ قریبی معلوم دیتے۔

پھر ایک روز جب ان کو بتایا گیا کہ کارخانہ بند کیا جا رہا ہے تو انہیں یہ بات سمجھنے میں بہت دقت ہوئی۔ انہوں نے اس امکان کے بارے میں کبھی سوچا ہی نہ تھا۔ وہ کیا کریں گے ؟ کہاں جائیں گے ؟ یہ کہنا کہ وہ اس جگہ کے عادی ہو گئے تھے ، اس سانحے کی شدت کو بیان نہیں کرتا۔ یہ کہنا زیادہ محل ہو گا کہ وہ اس سے بجز زندگی کو نہیں جانتے تھے۔ ان کو ڈر تھا کہ وہ یہاں اتنے سالوں سے آتے رہے ہیں کہ یہاں سے فارغ کیے جانے کے بعد بھی وہ ہر صبح بے خیالی میں گاڑی چلاتے ہوئے یہاں ضرور پہنچ جائیں گے۔

پھر لوگ جستہ جستہ اس کارخانے سے نکالے جانے لگے۔ وہ روتے آنسو بہاتے یہاں سے روانہ ہوتے۔ کہ وہ اپنی میزوں سے اور دفتر کی دیواروں سے اپنی ہنسی، اپنے قہقہے کھرچ کر نہیں نکال سکتے تھے۔ ان کی یہ خواہش تھی کہ وہ آنسو جو بوند بوند ٹپکے تھے اور بخارات بن کر ہوا میں تحلیل ہو گئے تھے، ان آنسوؤں کو وہ کسی طور پھر سے اپنی اصلی حالت میں لے آتے اور کسی بوتل میں بند کر کے ساتھ لے جاسکتے۔ مگر وہ قہقہے، وہ آنسو گزرے وقت کے ساتھ بہت دور جا چکے تھے۔ اپنے ساتھ لے جانے کے لیے ان کے پاس صرف یادیں تھیں۔

وہ اب راہداری میں عمارت کے اگلے سرے تک پہنچ چکا تھا۔ سامنے کھڑکی سے آنے والی روشنی اس جگہ کے درو دیوار کو منور کر رہی تھی۔ اس نے ٹھہر کر ایک دفتر کے باہر لگے پرچے کو پڑھا۔ دفتر چھوڑ کر جانے والے نے لکھا تھا کہ،

سب ناپائیدار ہے
صرف یادیں ہیں جو ساتھ رہتی ہیں
میں نے عمر کے بیس سال یہاں گزارے ہیں
مجھے اس جگہ سے محبت ہے، مگر آج مجھے یہ جگہ چھوڑ کر آگے بڑھ جانا ہے
مجھے یہ جگہ بہت یاد آئے گی۔

پرچے پہ لکھی اس تحریر کو پڑھنے پہ خوف کی ایک لہر اس کی ریڑھ کی ہڈی میں دوڑ گئی۔ وہ پلٹا اور تیز قدموں سے عمارت سے نکلنے کی کوشش کرنے لگا۔ ایک دفعہ پھر وہ آگہی کی اس منزل پہ پہنچا جہاں لکھا تھا کہ زندگی ایک ایسی دلدل ہے کہ جس پہ تیز قدم

آگے بڑھتے چلو تو نکلتے چلے جاؤ گے۔ اگر رک کر اس کی حقیقت جاننے کی کوشش کی تو بہت امکان ہے کہ اس دلدل میں دھنستے چلے جاؤ۔ اس نے بہت سے لوگوں کو دلدل میں دھنستے دیکھا تھا۔

وہ اب عمارت کے صدر دروازے تک پہنچ چکا تھا۔ اس نے تیزی سے شیشے کا دروازہ کھولا اور عمارت سے باہر نکل کر دوڑنے لگا۔

***

آدھی آبادی

اور یہ یوں ہی ہوتا ہے۔ ایک تعلیم یافتہ شخص ترقی پذیر ملک سے اٹھ کر مغربی دنیا میں آتا ہے اور تھوڑی سی تگ و دو سے یہاں کے فعال نظام کا حصہ بن جاتا ہے۔ ترقی پذیر ملک کے ان خستہ حال نظام ہا کو جو قدم قدم پہ اس کی رکاوٹ تھے، وہ یہاں موجود نہیں پاتا۔ وہ اپنی ذہانت اور محنت سے آگے بڑھتا جاتا ہے۔ کامیابی اس کے قدم چومتی ہے۔ اور پھر وہ اس کامیابی پہ پھولا نہیں سماتا۔ اس کا خیال ہوتا ہے کہ وہ اپنی کامیابی کی یہ داستان دنیا کے کسی بھی کونے میں دہرا سکتا ہے۔ وہ کبھی پلٹ کر اپنے سابقہ وطن جائے تو اسے وہاں کی حالت زار پہ غصہ و رحم آتا ہے۔ اس نے دیکھا ہے کہ ایک ہموار نظام کیسے کام کر سکتا ہے۔ اس نے دیکھا ہے کہ کسی ادارے میں لوگوں کو ایک ضابطے سے کیسے باندھا جائے کہ وہ محنت اور دلجمعی سے کام کریں۔ اور تعلی کا ایسا ہی ایک لمحہ آتا ہے جب مغرب میں موجود اس کامیاب تارک وطن کو خیال ہوتا ہے کہ وطن کو اس کی ضرورت ہے۔ وہ وطن واپس جا کر ملک کو بدل سکتا ہے۔ اور پھر ایک دن وہ وطن لوٹ جاتا ہے۔

یہ یوں ہی ہوتا ہے۔ اور وقاص بھی اسی طرح پاکستان پلٹا تھا۔ شاید اس کو یہ گھمنڈ تو نہ تھا کہ وہ پاکستان کی حالت زار چند ہی سالوں میں بدل دے گا مگر اسے یہ گمان ضرور تھا کہ اس معاشرے میں اس کی موجودگی بابرکت ثابت ہوگی۔ وقاص بچوں کا ڈاکٹر تھا اس لیے پاکستان واپس پہنچ کر اسے ایک بڑے اسپتال میں فوراً نوکری مل گئی۔ اگلا قدم خیر کے کام کی تلاش تھی۔ اور وقاص اس معاشرے میں اپنا فیض بانٹنے کی نیت سے سرشار

"آدھی آبادی" نامی فلاحی ادارے میں شامل ہو گیا۔ آدھی آبادی نامی وہ ادارہ کراچی میں حقوق نسواں کے شعبے میں کام کرتا تھا۔ ملازمین کی تعداد پندرہ تھی۔ وقاص منتظمین میں شامل تھا جو ادارے کے لیے رضاکارانہ کام کرتے تھے۔ آدھی آبادی کا عملہ مختلف دفاتر کا دورہ کرتا اور وہاں حقوق نسواں سے متعلق پمفلٹ تقسیم کرتا۔ آدھی آبادی میں شرکت کے کچھ ہی عرصے بعد وقاص نے غور کیا کہ خود اس ادارے میں کام کرنے والے کئی لوگ عورتوں کے حقوق کے بارے میں فرسودہ خیال رکھتے تھے۔ وقاص کا خیال تھا کہ آدھی آبادی صرف اسی وقت احسن طریقے سے کام کر سکتا ہے جب ادارے میں کام کرنے والے تمام لوگ حقوق نسواں کے بارے میں ایک جدید اور اعلی شعور رکھتے ہوں اور انہیں معلوم ہو کہ حقوق نسواں کی تحریک تاریخی طور پہ کن ادوار سے گزری ہے۔ آدھی آبادی کے عملے کو تعلیم دینے کی نیت سے وقاص نے ایک تعلیمی ادارے سے رابطہ کیا جس نے آدھی آبادی کی ضروریات دیکھتے ہوئے ایک ابتدائی نصاب تیار کیا۔ اس نصاب میں دو کتابیں، دو فلمیں اور ایک آڈیو تقریر شامل تھیں۔ تعلیمی ادارے کی مدد سے تیار کیا جانے والا یہ مواد انٹرنیٹ پہ چڑھا دیا گیا۔ پھر وقاص نے آدھی آبادی کے تمام ملازمین پہ زور دیا کہ وہ ادارے کی ویب سائٹ پہ چڑھایا جانے والا یہ کورس مکمل کریں۔ اور یہ جانچنے کے لیے کہ آیا کسی طالب علم نے نے حاضر دماغی سے تمام تعلیمی مواد پڑھا تھا یا نہیں، طالب علم کا امتحان لینے کی ایک ترکیب نکالی گئی۔ ایک امتحان مرتب کیا گیا جو کثیر الجوابی سوالات پہ مشتمل تھا اور ہر امتحان کے سو سوالات پانچ ہزار سوالات کے ایک ذخیرے سے چنے جانے تھے۔ آدھی آبادی کے ایک کمپیوٹر کو امتحان گاہ کا درجہ دیا گیا۔ کوئی طالب علم جب اس کمپیوٹر پہ بیٹھتا تو اس کا امتحانی وقت شروع ہو جاتا اور کمپیوٹر پانچ ہزار سوالات کے ذخیرے سے سو سوالات کا ایک امتحان نکال کر طالب علم کے

سامنے پیش کرتا۔ امتحان کا دورانیہ مکمل ہونے پہ سوالات طلب علم کے سامنے سے غائب ہو جاتے اور صحیح اور غلط جوابات کے حساب سے مرتب کیا جانے والا نتیجہ طالب علم کو پیش کر دیا جاتا۔

آدھی آبادی کی انتظامیہ کے لیے یہ بات باعث تشویش تھی کہ عملے کے اکثر افراد امتحان میں پہلی بار کامیابی نہ حاصل کر پائے۔ اس یقین دہانی کے لیے کہ آدھی آبادی میں کام کرنے والے تمام لوگ ادارے کے اغراض و مقاصد سے واقف ہوں اور حقوق نسواں کا اعلیٰ شعور رکھتے ہوں ادارے کے منتظمین نے یہ شرط عائد کر دی کہ سال مکمل ہونے سے پہلے تمام موجودہ ملازمین یہ کورس مکمل کر لیں۔ یہ بھی اعلان کیا گیا کہ آئندہ بھرتی میں صرف ان امیدواروں کی درخواست قبول کی جائے گی جو ادارے کا بنایا ہوا کورس مکمل کریں گے۔ قصہ مختصر یہ کہ آدھی آبادی کو ان جدید خطوط پہ استوار کرنے پہ بہت سے لوگ تو وقاص کی انتظامی صلاحیتوں کے قائل ہو گئے مگر اس کے ساتھ عملے کے کچھ لوگ ایسے بھی تھے جنہیں وقاص کی شکل ایک آنکھ نہ بھاتی تھی۔

چنانچہ جب ایک موقع پہ منتظم اعلیٰ کی طرف سے وقاص کو عملے کے سامنے "پاکستانی معاشرے میں لڑکیوں اور عورتوں کے ساتھ نازیبا سلوک" کے موضوع پہ گفتگو کی دعوت دی گئی، اور اپنی گفتگو کے دوران وقاص نے برقعے اور حجاب کو لعنت قرار دیا تو ہال میں موجود کئی لوگوں نے وقاص کے الفاظ کے اس چناؤ پہ شدید اعتراض کیا۔ وقاص کو بھی اندازہ ہوا کہ حجاب کے لیے لفظ لعنت ذرا زیادہ سخت تھا۔ اس نے سامعین سے اپنے الفاظ کے چناؤ پہ معافی مانگی مگر کہا کہ وہ برقعے اور حجاب کو اسی نظر سے دیکھتا ہے جس نظر سے وہ ہندوؤں میں ستی کی رسم کو دیکھتا ہے۔ وقاص کا کہنا تھا کہ جس وقت اسلام نے عورت کو پردے کا حکم دیا اس وقت وہ خطہ بالخصوص اور پوری دنیا بالعموم اسی حساب سے

چل رہی تھی۔ "اب زمانہ بدل گیا ہے۔ ہمارے عہد کے وہ سارے مذہبی راہ نما جو اپنے ماننے والوں کو ایک پرانے اور گھسے پٹے نظام کے ساتھ چلانا چاہتے ہیں خدا کے قہر کے حق دار ہیں۔"

وقاص کے یہ خیالات وہاں موجود بہت سے لوگوں کے لیے سخت ناپسندیدہ تھے۔ خود منتظم اعلی نے بھی وقاص کو اشارہ کیا کہ وہ موضوع کی طرف واپس آئے۔

اور وقاص اپنی تقریر میں موضوع پہ واپس آگیا۔

"یہ بات کسی سے ڈھکی چھپی نہیں ہے کہ ہمارے اس معاشرے میں لڑکیوں اور عورتوں کو مرد دوسرے درجے کا شہری سمجھتے ہیں۔ اس معاشرے میں لڑکی یا عورت ہونا ایک گناہ ہے۔ لڑکیوں اور عورتوں پہ آوازیں کسی جاتی ہیں، ان پہ دست درازی کی جاتی ہے، ان پہ مجرمانہ حملہ کیے جاتے ہیں، اور اکثر بیشتر ان تمام قبیح حرکات کو 'چھیڑنا' کہہ کر ان پہ پردہ ڈال دیا جاتا ہے۔

ذرا سوچیں کہ اس ملک کی آدھی آبادی لڑکیوں اور عورتوں پہ مشتمل ہے۔ کیا ملک کی آدھی آبادی کو اس طرح ہراساں رکھ کر ترقی کی جا سکتی ہے؟ کیا عورتوں سے ایسا سلوک انسانیت ہے؟ کیا موجودہ دنیا میں پنپنے کا یہی طریقہ ہے؟"

وقاص کی تقریر کے بعد سوالات و جوابات کا سلسلہ شروع ہوا تو وقاص کو کئی ٹیڑھے ترچھے سوالات کا سامنا کرنا پڑا۔ بیشتر سوالات وقاص کے پردے کے خیالات سے متعلق تھے۔

ایک شخص نے سوال کیا،

"محترم وقاص صاحب۔ پردے کے متعلق آپ کے تاثرات جان کر آج مجھے بہت دکھ ہوا۔ پردہ تو عورت کو تحفظ فراہم کرتا ہے۔ پھر آپ پردے کو برا کیوں خیال کرتے

ہیں؟"

وقاص نے جواب دیا،

"مجھے افسوس ہے کہ میرے خیالات سن کر آپ کو دکھ پہنچا مگر میں کیا کروں کہ میں حق بات کہنے میں کوتاہی نہیں کر سکتا۔ جہاں تک پردے سے تحفظ کا دعوی ہے تو کیا مغربی ممالک میں جہاں بیشتر خواتین پردہ نہیں کرتیں، عورت کو کوئی تحفظ حاصل نہیں ہے ؟ یقیناً ایسا نہیں ہے بلکہ شاید ان معاشروں میں یہاں کے مقابلے میں عورت زیادہ محفوظ ہے۔

یہ دلیل اکثر سننے میں آتی ہے کہ عورت کا برقعے میں رہنا عورت کے لیے اچھا ہے اور پردے میں ڈھکی چھپی عورت دراصل اتنی آزاد ہے کہ جتنا کہ ایک مغربی عورت تصور بھی نہیں کر سکتی۔ پردے کے حق میں یہ دلیل جھوٹ اور فریب کے علاوہ کچھ نہیں ہے کہ اگر پردہ ہی عورت کی آزادی کی معراج ہے تو ہمیں زندگی کے ہر شعبے میں پردہ دار خواتین آگے سے آگے نظر آنی چاہئیں۔ کہ اسلامی ممالک میں سر سے پاؤں تک ڈھکی عورتیں کامیابی کے نت نئے جھنڈے گاڑتی نظر آنی چاہئیں۔ مگر ایسا ہرگز نہیں ہے اور یہی مشاہدہ پردے کی عظمت کی دلیل کی نفی کرتا ہے۔ عورت کا پردہ عورت کی اپنی مرضی سے نہیں ہے بلکہ مرد کے زور سے ہے۔ ایک ایسا مرد جو عورت کو اپنی جاگیر سمجھتا ہے اور جس طرح وہ اپنے دوسرے قیمتی مال کو چوری سے بچانے کے لیے ڈھانپ کر رکھتا ہے اسی طرح وہ اپنی عورت کو بھی ڈھانپ کر رکھنا چاہتا ہے۔"

لگتا تھا کہ لوگ وقاص کے جواب سے مطمئن نہیں تھے۔ ایک اور شخص نے وقاص سے کہا،

"پردہ ہماری روایت ہے۔ آپ کیوں چاہتے ہیں کہ ہم اپنی روایتوں کو چھوڑ کر

مغرب کی اندھی نقل کرنے لگیں؟"

وقاص نے اطمینان سے جواب دیا۔

"میں نے کبھی یہ نہیں کہا کہ ہم مغرب کی اندھی نقل کرنے لگیں مگر ہماری جو روایتیں فرسودہ ہیں انہیں ہمیں چھوڑنا پڑے گا۔ آپ مجھے پردے کی منطق بتائیے۔ پردے کے پیچھے یہی فلسفہ ہے نا کہ مردوں کی نظر عورتوں پہ نہ پڑے۔ تو آیئے اس مسئلے کو ایک اور طرح سے حل کریں۔ پچھلے چودہ سو سال عورتوں نے پردہ کیا ہے۔ اب اگلے چودہ سو سال مرد اپنی آنکھوں پہ پٹیاں کیوں نہیں باندھ لیتے؟"

وقاص کے اس جواب پہ کچھ لوگوں کی ہنسی نکل گئی اور چند نے غیر یقینی میں اپنے سر ہلائے۔

پھر ایک اور شخص نے وقاص سے کہا،

"یہ جو آپ کہتے ہیں کہ ہمارے اس معاشرے میں عورتوں کو تنگ کیا جاتا ہے تو اس کی وجہ یہ ہے کہ جو عورتیں برہنہ سر، بے پردہ گھر سے باہر نکلتی ہیں لوگ ان کو بری نظر سے دیکھتے ہیں۔ پردہ دار خواتین کو کوئی تنگ نہیں کرتا۔"

وقاص نے کچھ سوچ کر اس سوال کا جواب دیا،

"اس معاشرے میں عورتوں کے ساتھ نازیبا سلوک میں پردہ داری اور بے پردگی کا کوئی عمل دخل نہیں ہے۔ ہمیں مردوں کو تعلیم دینے کی ضرورت ہے کہ وہ عورتوں کو برابر کا انسان تصور کریں۔ اور برابر کا انسان تصور کرنے کی ابتدا یہ ہے کہ عورتوں اور مردوں کے لیے علیحدہ علیحدہ اصول نہ ہوں، کہ عورتوں پہ تو زور دیا جائے کہ وہ اپنے آپ کو برقعے میں چھپالیں اور مردوں کو آزاد چھوڑ دیا جائے۔

جس مرد کا بھی خیال ہے کہ برقعے میں لپٹی عورت بہت مزے میں ہے اور محفوظ

ہے اسے چاہیے کہ پورا ایک دن برقعہ پہن کر گزارے اور پھر حجاب اور برقعے کی صحیح حقیقت دنیا کے سامنے بیان کرے۔

جب ایک مرد برقعے کے ساتھ بازار میں چل کر اور خریداری کر کے دیکھے گا تو اسے اندازہ ہو گا کہ برقعہ عورت کے لیے کتنی بڑی تکلیف ہے۔ برقعے کے ساتھ ہاتھ پاؤں کی حرکت محدود اور اطراف بینی میں بھی قباحت۔"

اتنا کہہ کر وقاص ایک لمحے کے لیے رک گیا۔ اس نے سامعین کو غور سے دیکھا اور پھر بولا،

"آیئے میں آپ کو ایک چیلنج پیش کرتا ہوں۔ میرا آپ کو چیلنج ہے کہ آپ میں سے کوئی مرد عورت کا بھیس بدل کر پورا ایک دن گزارے۔ اور پورا دن گزارنے کے بعد اپنے لکھے گئے تجربات اور مشاہدات دوسروں کے سامنے پیش کرے۔ میں شرط سے کہہ سکتا ہوں کہ اس تجربے کے بعد آپ ایک بالکل نئے انسان بن کر نکلیں گے۔ آپ کو لڑکیوں اور عورتوں کی زندگی پہ رحم آئے گا۔ آپ میں سے کون ہے جو یہ چیلنج قبول کرنے کو تیار ہے؟"

وہاں موجود لوگوں میں سے کسی کو بھی اندازہ نہ تھا کہ وقاص ان کے سامنے اس قدر عجیب چیلنج پیش کرے گا۔ جو لوگ وقاص سے تند سوالات کر رہے تھے ان میں سے کسی کو یہ تجویز ایک آنکھ نہ بھائی۔ کوئی شخص بھی ایک دن کے لیے عورت کا بھیس بدلنے کے لیے تیار نہ تھا۔

اب وقاص نے ایک اور حربہ آزمایا۔ اس نے ان لوگوں سے کہا،

"عورت کی مشکلات سمجھنے کی غرض سے چند گھنٹوں کے لیے عورت کا بھیس بدلنے میں آپ کا تردد اس بات کا ثبوت ہے کہ آپ عورت کو حقیر تصور کرتے ہیں اور اسی لیے

آپ اپنے تئیں ایک اعلی درجے سے یعنی مرد سے عورت بننے کے لیے تیار نہیں ہیں۔"

وقاص کا یہ طعنہ کام کر گیا۔ لگتا تھا کہ معترضین میں سے چند لوگ کچھ ڈھیلے پڑے تھے۔

پھر وقاص نے ایک اور چال چلی۔

"اچھا، میں ایک انعام کا اعلان کرتا ہوں۔ آپ میں سے جو شخص عورت کا بھیس بدل کر پورا دن گزارے اور اپنے تجربات ہمارے سامنے بیان کرے اس کے لیے ادارے کی طرف سے ہزار روپے کا انعام۔"

انعامی رقم کی لالچ نے وقاص کی راہ اور ہموار کر دی تھی مگر اب تک کوئی رضا کار کھل کر سامنے نہ آیا تھا۔ اب کی بار وقاص نے ایک شخص کو اس کے نام سے پکار کر چیلنج قبول کرنے کے لیے تیار کیا۔

"ہاں بھئی افضال، ذرا ہمت کرو۔ ایک دن کے لیے ایسا کر کے تو دیکھو۔"

افضال نے وقاص کی اس بات پہ نہ تو انکار کیا اور نہ اثبات میں اپنا سر ہلایا۔ وقاص کو اندازہ ہوا کہ افضال کے ساتھ بات بن سکتی تھی۔

"دیکھا، سامعین۔ افضال ایک بہادر آدمی ہے۔ یہ شخص عورتوں سے واقعی ہمدردی رکھتا ہے اور ایک دن کے لیے عورت کا بھیس بدل کر بازار میں نکل کر عورت کی مشکلات سے آگاہ ہونا چاہتا ہے۔ ہمارے ادارے کے لیے یہ بہترین سماجی تجربہ کرنے کے لیے تیار ہونے پہ ہم افضال کے بے حد ممنون ہیں۔"

وقاص نے تالیاں بجا کر افضال کی ہمت کو سراہا تو سامعین نے بھی تالیاں بجا دیں اور یوں یہ طے ہو گیا کہ افضال ایک دن عورت کا بھیس بدل کر گزارے گا اور اپنے تجربات ادارے کے سامنے پیش کرے گا۔

اور عورت کا بھیس بدلنے کے لیے افضال کا انتخاب بہت موزوں تھا۔ افضال کا منہ لمبوترا تھا اور اس کا قد درمیانہ تھا۔ وقاص کو اندازہ تھا کہ افضال کو نسوانی شکل دینے میں بہت زیادہ مشکل نہ پیش آئے گی اور زنانہ روپ بھرنے کے بعد افضال لمبے قد کی ایک عورت نظر آئے گا۔

پھر وقاص کے اگلے چند روز اس اچھوتے تجربے کی تیاریوں میں گزرے۔ آدھی آبادی کے منتظم اعلی کے تعلقات ٹی وی اور فلم کی دنیا سے تھے۔ انہوں نے یہ انتظام کیا کہ روز مقررہ پہ افضال کو ایک میک اپ آرٹسٹ کے سلون لے جایا جائے گا جہاں افضال کا روپ بدلا جائے گا اور پھر افضال کو بازار میں چھوڑ دیا جائے گا۔ طے یہ پایا کہ اس سماجی تجربے والے روز افضال ہر دو گھنٹے کے بعد کہیں بیٹھ کر اپنے تجربات اور مشاہدات لکھے گا۔

اور پھر وہ دن بھی آن پہنچا جب یہ تجربہ ہونا تھا۔ افضال کے دفتر پہنچنے پہ منتظم اعلی اسے چارلی کے اسٹوڈیو لے گئے۔ افضال کچھ ڈرا سہما نظر آتا تھا۔ منتظم اعلی نے اس کی ہمت باندھی۔

"افضال، پریشان کیوں نظر آتے ہو؟ تم تو بہت ہمت کا کام کر رہے ہو۔ دیکھو، اتنے سارے لوگوں میں کسی کی ہمت نہ تھی کہ وہ ایک دن کے لیے عورت کی اصل مشکلات جاننے کی کوشش کرے۔"

منتظم اعلی کی ان باتوں سے افضال کو کچھ ڈھارس ہوئی۔

سب سے پہلے افضال کو کپڑے بدلنے کو کہا گیا۔ اسے زنانہ شلوار قمیض کے ساتھ اسپنج سے بھرا ایک سینہ پوش دیا گیا جسے پہن کر افضال کے سینے پہ نسوانی ابھار آجائے گا۔ جب افضال سینہ پوش کے اوپر سے زنانہ شلوار قمیض پہن کر نکلا تو اس کے حلیے میں واضح

فرق آ چکا تھا۔ اب بقیہ کام چارلی کو کرنا تھا۔ چارلی کافی دیر تک افضال کے چہرے پہ کام کرتا رہا۔ پھر افضال کو ایک ماڈرن برقعہ پہنایا گیا اور ساتھ میں ایک حجاب جس نے افضال کے بال اور کان اچھی طرح ڈھانپ دیے۔

چارلی کی قریباً نوے منٹ کی میک اپ کی محنت کے بعد جب افضال کو ایک سیاہ چشمہ پہنا کر آئینے کے سامنے کھڑا کیا گیا تو افضال کو اپنی آنکھوں پہ یقین نہ آیا۔ وہ ایک خوش شکل باحجاب عورت بن چکا تھا۔

پھر چارلی نے پانچ سات منٹ افضال کو یہ مشق کرائی کہ اسے کس طرح زنانہ انداز میں روڈ پہ چلنا ہو گا، اور کس طرح آواز بنا کر بولنا ہو گا۔

ان تمام تیاریوں کے بعد افضال کو اس کے نئے بہروپ کے ساتھ طارق روڈ پہ چھوڑ دیا گیا۔ یہاں کچھ دیر اصل شاہ راہ پہ گھومنے پھرنے کے بعد وہ بازار کی بغلی سڑکوں پہ نکل گیا۔ ایک عورت کے روپ میں افضال کے ساتھ جو بدسلوکی ہو رہی تھی وہ اس کے لیے ناقابل یقین تھی۔

دو گھنٹے ادھر ادھر پھرنے کے بعد افضال واپس شاہ راہ پہ پلٹا جہاں ایک جگہ بیٹھ کر ٹھنڈی بوتل پیتے ہوئے اس نے اپنے تجربات اور تاثرات لکھے۔ ان تاثرات میں لڑکوں کے ایک گروہ کا اسے دیکھ کر منہ سے عجیب و غریب آوازیں نکالنا، ایک آدمی کا دیر تک اس کا پیچھا کرنا، لوگوں کا افضال پہ سیٹی بجانا، اور ریستوراں کے کاؤنٹر پہ موجود شخص کا افضال کے ہاتھ سے رقم لیتے ہوئے اس کا ہاتھ پکڑنے کی کوشش کرنے تک کے تجربات شامل تھے۔

افضال کا دل تھا کہ وہ اس سماجی تجربے کو یہیں روک دے۔ وہ ان دو گھنٹوں کے اندر ہی بہت کچھ سیکھ چکا تھا اور وقاص سے بالکل متفق ہو چلا تھا مگر معاہدے کی رو سے

اس کو شام سات بجے تک اس روپ میں رہنا تھا۔ طارق روڈ پہ کچھ اور وقت گزارنے کے بعد وہ ایک رکشے میں بیٹھ کر صدر پہنچ گیا۔ صدر تک کی سواری کے دوران رکشے والا افضال کو مستقل شیشے میں گھورتا رہا۔

اگلے دو گھنٹے کے بعد جب افضال اپنے مشاہدات اور تجربات لکھنے کے لیے ایک جگہ رکا تو اس کے پاس عورتوں سے نازیبا سلوک کی اور بھی کئی مثالیں جمع ہو گئیں تھیں جن میں رش کی جگہ پہ مردوں کا اس سے ٹکرا کر جانے کے واقعات بھی شامل تھے۔

پھر شام پڑ گئی۔ سات بجنے میں دس منٹ باقی تھے۔ اب افضال واپسی کے لیے چلا۔ اسے رکشہ پکڑ کر چارلی کے اسٹوڈیو آنا تھا جہاں میک اپ اتار کر اور کپڑے بدل کر اسے واپس گھر جانا تھا۔ پھر اگلے دن اسے ادارے کے عملے کے سامنے اپنے مشاہدات اور تجربات پڑھ کر سنانا تھے۔

شام کے اس وقت افضال کو رکشہ تلاش کرنے میں کافی دشواری ہوئی۔ قریباً بیس منٹ کے انتظار کے بعد ہاتھ دینے پہ ایک رکشہ افضال کے پاس آکر رک گیا۔ افضال نے رکشے والے کو پتہ سمجھایا اور پھر رقم پہ مول تول کی۔ رقم ٹھہر گئی تو رکشے والے نے افضال کو رکشے میں بیٹھنے کو کہا۔ افضال نے ابھی رکشے کے اندر ایک قدم ہی رکھا تھا کہ اس کی چیخ نکل گئی۔ کسی نے پیچھے سے اس کے کولھے پہ زوردار چٹکی کاٹی تھی۔ افضال نے فوراً پلٹ کر دیکھا اور وہاں موجود لوگوں میں اس شخص کو تلاش کرنے کی کوشش کی جس نے اس کے ساتھ اس قدر گھٹیا حرکت کی تھی۔ افضال کو اپنا چھوٹا بھائی اظہر مجمع میں تیزی سے غائب ہوتا نظر آیا۔

***

یوبیانا

یہ نئے دور کی زندگی کس قدر عددی ہو گئی ہے، باپ نے کمپیوٹر کے سامنے بیٹھتے ہوئے سوچا۔ آپ سارا دن ایک کمپیوٹر کے سامنے بیٹھے رہتے ہیں۔ اس کمپیوٹر سے ہی آپ کے سارے کام نکلتے ہیں۔ بینکاری سے لے کر سماجی تعلقات تک، سارے معاملات ادھر ہی طے ہوتے ہیں۔ پھر نہ جانے اسے کیا خیال آیا کہ اس نے حال میں مکمل کیے جانے والی سفر کی تصاویر کا پوشہ کھول لیا۔ اس نے ان تصاویر کو شمار اول سے دیکھنا شروع کیا۔ اور تصویر در تصویر آگے بڑھتے ہوئے تصویر شمار تین سو تیس دیکھ کر اس کا دل ڈول گیا۔ وہ تصویر یوبیانا کے ریلوے اسٹیشن کی تھی اور ایک اہم واقعے سے چند ثانیے پہلے لی گئی تھی۔ اگر اس تصویر کو لیے جانے کے بعد ہونے والا واقعہ ایک دوسرا موڑ اختیار کرتا تو شاید سفر کی ان تصاویر میں تصویر شمار تین سو تیس سے آگے کوئی تصویر نہ ہوتی۔ تو وہ واقعہ کیا تھا؟

وہ سلوانیا کے شہر یوبیانا میں ان کا دوسرا دن تھا۔ گرمیوں کے اس روز خوب کھل کر دھوپ نکلی تھی۔ وہ چاروں تیز دھوپ سے بچنے کے لیے دیواروں کے سائے میں چلتے ریلوے اسٹیشن پہنچے تھے۔ وہ جھیل بلید جانا چاہتے تھے کہ انہوں نے سن رکھا تھا پہاڑوں کے درمیان موجود اس جھیل کا فیروزی پانی سحر انگیز ہے۔ جھیل بلید تک جانے والی بس ریلوے اسٹیشن کے پاس ہی سے ملنا تھی۔ انہوں نے ٹکٹ گھر تلاش کیا اور جھیل بلید کی بس کے ٹکٹ لینے میں کامیاب ہو گئے۔ جھیل بلید کے لیے اگلی بس بیس منٹ میں ہے، انہیں بتایا گیا۔ ریلوے اسٹیشن کے بالکل سامنے اپنی منزل کی تختی کے سامنے یہ بس آکر

رکے گی، ٹکٹ لے کر وہاں تختی کے پاس انتظار کرنا ہے اور پھر بس آنے پہ بس کے اندر چڑھ جانا ہے۔ تو ان چاروں نے ایسا ہی کیا، وہ ٹکٹ لے کر بس کے انتظار میں کھڑے ہو گئے۔

باپ نے ریلوے اسٹیشن کی خوب صورت عمارت اور اطراف کی عکس بندی شروع کر دی۔ ماں اور بچے ساتھ ہی موجود تھے اور انتظار کی زحمت سے کسی قدر بیزار نظر آتے تھے۔ باپ نے پہلے چند تصاویر اتاریں اور پھر ویڈیو بنانا شروع کی۔ کچھ دیر بعد جب ویڈیو اتارتے ہوئے اس نے کیمرہ گھمایا تو اس کی نظر اپنی بچی پہ پڑی۔ اس نے دیکھا کہ لڑکا اپنی بہن کے پیچھے بھاگ رہا ہے اور لڑکی اپنے بھائی کی پکڑ سے بچنے کے لیے پوری قوت سے دوڑ رہی ہے۔ دوڑتے دوڑتے بچی سڑک کے بالکل قریب آ گئی ہے۔ باپ نے ویڈیو کیمرے کو ایک طرف ہٹایا اور لڑکی کو انتباہ کی آواز دینے کا ارادہ ہی کیا کہ اسے اپنے رد عمل میں دیر ہونے کا اندازہ ہو گیا۔ لڑکی بہت رفتار میں تھی، وہ پیچھے مڑ مڑ کر اپنے بھائی کی طرف دیکھ رہی تھی، ہنستی جاتی تھی، اور اس سے پہلے کہ اسے کوئی روکتا وہ سڑک پہ آ جاتی ہے۔ ٹھیک اسی وقت ایک تیز رفتار بس وہاں آتی ہے۔ چالیس پاؤنڈ کی یہ بچی اس بھاری بھر کم بس سے ٹکر کر دور جا گرتی ہے۔ جو لوگ یہ حادثہ ہوتا دیکھتے ہیں ان کی چیخیں نکل جاتی ہیں۔ بچی سڑک کے کنارے پڑی ہے۔ اس کے سر سے خون کا فوارہ جاری ہے۔ باپ ویڈیو کیمرہ چھوڑ کر تیزی سے بچی کی طرف لپکتا ہے۔ وہ بچی کو اٹھاتا ہے؛ بچی بالکل بے جان معلوم دیتی ہے، اس کی آنکھیں بند ہیں مگر شاید سانس ابھی بھی چل رہی ہے۔ پھر چیخ و پکار ہے، افراتفری ہے، لوگوں کا ایک ہجوم ہے۔ اور پھر ایک ایمبولینس وہاں آتی ہے۔ بچی کو ایمبولینس میں ڈالا جاتا ہے۔ ماں باپ اور چھوٹا لڑکا بھی ایمبولینس میں سوار ہوتے ہیں۔ ایمبولینس اسپتال پہنچتی ہے جہاں بچی کو فوراً ہنگامی امداد وارڈ میں لے جایا جاتا ہے۔

ماں، باپ اور چھوٹا لڑکا باہر کھڑے ہیں۔ چھوٹا لڑکا حیران ہے کہ اس کی بہن کو کیا ہوا ہے۔ ماں باپ کے ہاتھوں کے طوطے اڑ چکے ہیں۔ کچھ دیر میں ڈاکٹر باہر نکل کر ماں باپ کو ان کی زندگی کی سب سے بری خبر دیتا ہے۔ بچی مر چکی ہے۔ وہ اسپتال پہنچنے سے پہلے ہی بڑی مقدار میں خون بہہ جانے کے باعث اس دنیا سے گزر چکی تھی۔ پھر ماتم و گریا ہے۔

یہ کیا ہوا؟ کیسے سب کچھ ذرا سی دیر میں بدل گیا؟ وہ کتنے خوش تھے اپنے اس سفر میں، اور یہ اچانک کیا ہو گیا۔

کتنے ارمانوں سے وہ بچی پیدا ہوئی تھی اور کیسے ناز و نعم سے رکھی گئی تھی۔ اور ذرا سی غفلت سے سب کچھ ہاتھ سے نکل گیا۔

اور اس بچی کی مختصر زندگی کے ہر دور کے ساتھ ماں باپ کے لیے ایک الگ خوشبو ایک علیحدہ موسیقی وابستہ رہی تھی۔ جب وہ بچی پیدا ہوئی تھی تو دور دور فضا میں نصرت فتح علی خان کا گیت گونج رہا تھا، سانسوں کی مالا پہ سمروں میں پی کا نام۔ اور پھر ہر سالگرہ اور ہر یادگار موقع پہ ایک جدا موسیقی تھی۔ یوں لگتا تھا کہ ڈکسی چکس، ایلٹن جان، راڈ اسٹیورٹ اور بہت سے گلوکار اور موسیقار اس بچی کے لیے ہی گیت گاتے رہے تھے۔ اور اب یہ تمام موسیقی اس بچی کے بغیر صرف بچی کی تصاویر اور اس کی یاد کی خوشبو کے ساتھ برقرار رہ جائے گی۔

مگر یہ تو واقعے کا ایک امکانی نتیجہ ہے۔ اصل میں تو یہ پورا واقعہ ایک دوسرے نتیجے پہ ختم ہوا تھا۔

لڑکی جب بھاگی بھاگی سڑک پہ پہنچی تھی تو تیز رفتار بس اس وقت وہاں سے گزر رہی تھی۔ بس پہلے سے بچی کے سامنے موجود تھی۔ یہ بچی بس سے یوں ٹکرائی جیسے آپ دیوار سے ٹکرا جائیں۔ مگر یہ ٹکر شدید تھی اور ایک تیز رفتار بس کے ساتھ تھی۔ اور جب بس

سے ٹکرانے کے بعد بچی پیچھے کی طرف گری تو بس کے پچھلے پہیے اس کی ٹانگوں کے اوپر سے ہوتے ہوئے گزر گئے۔ جب باپ بچی تک پہنچا تو بچی کی ٹانگوں سے خون بہہ رہا تھا۔ بچی بے ہوش تھی مگر اس کی سانس رواں تھی۔ ماں اور چھوٹا لڑکا بھی بچی کے پاس پہنچ گئے۔ باپ نے بچی کو گود میں اٹھا کر اسے آوازیں دیں مگر لڑکی ہوش میں نہیں آئی۔ پھر چیخ و پکار تھی، افراتفری تھی، لوگوں کا ایک ہجوم تھا۔ اور پھر ایک ایمبولینس وہاں آئی۔ بچی کو ایمبولینس میں ڈالا گیا۔ ماں باپ اور چھوٹا لڑکا بھی ایمبولینس میں سوار ہوئے۔ ایمبولینس راستے بھر تیز آواز سائرن بجاتی، بے اعتنا گاڑیوں کے درمیان اپنا راستہ بناتی شہر کے مرکزی اسپتال پہنچ گئی جہاں زخمی بچی کو فوراً ہنگامی امداد وارڈ میں پہنچایا گیا۔ ماں باپ اور چھوٹا لڑکا ہنگامی وارڈ کے باہر کھڑے ہیں۔ چھوٹا لڑکا حیران ہے کہ اس کی بہن کو کیا ہوا ہے۔ ابھی کچھ دیر پہلے تو وہ اس لڑکے کے ساتھ ہنسی خوشی کھیل رہی تھی۔ کچھ دیر بعد ڈاکٹر ہنگامی امداد کے کمرے سے باہر نکل کر باپ کو خوش خبری دیتا ہے کہ لڑکی کی جان بچ جانے کے امکانات بہت روشن ہیں مگر ساتھ ہی یہ بری خبر سناتا ہے کہ لڑکی ہمیشہ کے لیے اپاہج ہوگئی ہے۔ اب وہ کبھی اپنے پاؤں پہ نہ چل پائے گی۔

بچی کی پیدائش سے اب تک کے تمام واقعات باپ کی نظروں کے سامنے سے گزر جاتے ہیں۔ اس کے پاس اس دن کی عکس بندی بھی محفوظ ہے جس روز یہ بچے پیدا ہوئے تھے۔ ہاں یہ جڑواں بچے تھے، ایک لڑکا اور ایک لڑکی۔ اور عکس بندی میں وہ جادوئی لمحہ ہے جب ڈاکٹر نے پہلے بچی کو شکم مادر سے نکال کر ایک پلونگڑے میں رکھا تھا۔ وہ بچی کتنے اطمینان سے پڑی تھی اور کیسے پٹ پٹ باہر کی دنیا کو حیرت سے دیکھ رہی تھی۔ پھر دو منٹ کے بعد ڈاکٹروں نے لڑکے کو ماں سے جدا کر کے ایک دوسرے پلونگڑے میں ڈالا تھا۔ وہ لڑکا بطن کے محفوظ ماحول سے باہر نکالے جانے پہ بہت رویا تھا۔ اور اس طرح ان

دونوں بچوں کے تن مادر سے جدا ہونے کے بعد اس دنیا میں ان کے اولین لمحات ہمیشہ کے لیے فلم پہ محفوظ کر لیے گئے تھے۔

اور پھر ہر دور میں ان بچوں کی بے شمار تصاویر کھینچی گئیں، بار بار ویڈیو بنائی گئیں۔ ان تصاویر اور ویڈیو میں وہ لمحہ بھی محفوظ ہے جب ان بچوں نے رینگنا شروع کیا تھا۔ پھر وہ دن آیا کہ یہ بچے سہارا پکڑ کر کھڑے ہو جاتے۔ اور ایک فلم وہ بھی تو ہے جس میں لڑکی پہلی بار پاؤں پاؤں چلتی نظر آتی ہے۔

تو آج کے بعد اب جو تصاویر اس بچی کی لی جائیں گی ان میں پاؤں سے معذور ایک لڑکی نظر آئے گی۔ چلنے سے معذور ایک لڑکی جس کے پاس تصاویر اور ویڈیو کی صورت میں یہ سند ہو گی کہ کبھی وہ بھی چل پاتی تھی۔ اور باپ کو ساری عمر یہ افسوس رہے گا کہ اس روز اس ریلوے اسٹیشن کے سامنے وہ عکس بندی میں اس قدر محو کیوں ہو گیا تھا کہ اس نے بچوں کی طرف سے دھیان ہٹا لیا تھا۔

تو کیا یہ واقعہ اسی نتیجے تک پہنچا تھا؟

نہیں واقعہ تو یوں بھی نہ ہوا تھا۔ سفر کی تصاویر میں تصویر شمار تین سو تیس کے آگے تصویر شمار تین سو اکتیس بھی موجود ہے اور پھر آگے کی تصاویر بھی ہیں۔ سفر تو جاری رہا تھا۔ تو پھر کیا ہوا تھا؟

ہوا یہ تھا کہ وہ فرشتہ جو اس بچی کی حفاظت پہ معمور تھا نہ جانے کس کام میں مشغول ہو گیا تھا۔ مگر جیسے ہی اسے اندازہ ہوا کہ بچی خطرے کے منہ میں جا رہی ہے وہ تیزی سے وہاں لپکا۔ جب وہ بچی اپنے بھائی کی پکڑ سے بچنے کے لیے بھاگتے بھاگتے سڑک کے قریب پہنچی تھی تو وہاں موجود تین آدمیوں میں سے ایک نے لڑکی کے سامنے اپنا بازو پھیلا کر

اسے سڑک پہ جانے سے روک دیا تھا۔ لڑکی اس شخص کے پھیلے ہوئے بازو سے ٹکرا کر رک گئی تھی اور ٹھیک اسی وقت ایک تیز رفتار بس وہاں سے گزری تھی۔ اور یہ دیکھ کر باپ کے رونگٹے کھڑے ہو گئے تھے۔ وہ بھاگا بھاگا بچی تک پہنچا تھا۔ اس نے بچی کو تنبیہ کی تھی اور ساتھ ہی اس آدمی کا بہت بہت شکریہ ادا کیا تھا کہ اس شخص نے بچی کی جان بچالی تھی۔ اگر وہ شخص بروقت بچی کو سڑک پہ جانے سے نہ روکتا تو بہت برا حادثہ ہو سکتا تھا۔

سفر کی بقیہ تصاویر دیکھتے ہوئے باپ نے سوچا کہ یہ زندگی یوں ہی چلتی رہے تو اچھا ہے۔ ماں باپ کو اپنی اولاد کو نہ دفنانا پڑے تو اچھا ہے۔ جو پہلے آیا ہے وہ پہلے یہاں سے رخصت ہو تو اچھا ہے۔

***

شہید

موسم اچانک تبدیل ہوا تھا۔ کل تک تو ہوا اپنے اندر گرمائش لیے ہوئی تھی مگر آج یہ عالم تھا کہ درجہ حرارت بارہ سینٹی گریڈ سے اوپر جانے کے لیے تیار نہ تھا۔ جسٹس ملک کے لیے کوئٹہ کے بدلتے موسم کی یہ ادائیں نئی ہر گز نہ تھیں۔ ان کی زندگی یہاں گزری تھی۔ اس وقت جسٹس ملک اس بیٹھک کا جائزہ لے رہے تھے جہاں کچھ ہی دیر میں چند اہم مہمانوں کو آنا تھا۔ اس کمرے کو ٹھنڈا جان کر انہوں نے ایک نوکر کو وہاں کا ہیٹر چلانے کو کہا۔ پھر انہوں نے باورچی خانے میں جاکر مہمانوں کی تواضع کے انتظامات کا جائزہ لیا۔ اور یہ تمام معائنہ کرنے کے بعد وہ گھریلو بیٹھک میں آگئے جہاں ان کی بیوی ٹی وی دیکھ رہی تھیں۔ جسٹس ملک کو یہ بنگلہ سرکار کی طرف سے ملا ہوا تھا جہاں وہ اپنی بیوی اور ایک لڑکے، بہو اور دو پوتوں کے ساتھ رہتے تھے۔ جسٹس ملک کا بڑا لڑکا عرفان یونیورسٹی میں پڑھاتا تھا جب کہ منجھلی لڑکی کی شادی ہو گئی تھی اور چھوٹا لڑکا نوکری کے سلسلے میں عرب امارات چلا گیا تھا۔

جسٹس ملک کو ٹی وی دیکھتے زیادہ وقت نہ گزرا تھا کہ باہر گیٹ کی گھنٹی بجی۔ مہمان آ چکے تھے۔ جسٹس ملک لپک کر اپنی نشست سے اٹھے اور گیٹ کی طرف دوڑے۔ دروازہ کھلا ہوا تھا اور جسٹس ملک کو آتا دیکھ کر چوکیدار ایک طرف ہٹ کر کھڑا ہو گیا تھا۔ جسٹس ملک نے باہر نکل کر آنے والے مہمانوں کا استقبال کیا۔ ان مہمانوں میں جسٹس مری اور جسٹس گل جان سر فہرست تھے۔ باقی لوگ جن کی تعداد بارہ پندرہ کے قریب تھی، ان دو

مہمانوں کے ساتھ آئے تھے۔

جسٹس ملک ان لوگوں کو ساتھ لے کر بیٹھک میں آ گئے جو ہیٹر چلنے کی وجہ سے اب تک گرم ہو چکی تھی۔ وہاں پہنچ کر لوگوں نے نشستیں سنبھال لیں۔ جسٹس مری کے ساتھ آئے ہوئے لوگ ان کے گرد جمگھٹا لگا کر بیٹھ گئے، جب کہ جسٹس گل جان کے آس پاس ان کے ساتھ آئے ہوئے لوگ بیٹھ گئے۔ جسٹس ملک نے غور کیا کہ جسٹس مری سے کچھ ہی فاصلے پہ چند لوگ ایک گھنی داڑھی والے شخص کے پاس بھی ادب سے بیٹھ گئے تھے۔ اس تیسرے گروہ میں شامل لوگوں نے مخصوص سفید بلوچی پگڑیاں باندھی ہوئی تھیں۔ جسٹس ملک اس گھنی داڑھی والے شخص کو نہ جانتے تھے مگر انہیں خیال ہوا کہ وہ یقیناً جسٹس مری کے ساتھ ہو گا۔

جسٹس ملک نے نوکر کو چائے لانے کو کہا۔ نوکر کے جانے کے بعد بیٹھک میں خاموشی چھا گئی۔ سب لوگ غور سے جسٹس ملک کی طرف دیکھ رہے تھے۔ وہ میزبان تھے اور اپنے ساتھی ججوں کے مقابلے میں عمر میں بھی بڑے تھے۔ بات انہیں شروع کرنی تھی۔

لوگوں کو ہمہ تن گوش پا کر جسٹس ملک بولنا شروع ہوئے:

"جیسا کہ میں فون پہ جسٹس مری اور جسٹس گل جان سے بات کر چکا ہوں، ہماری آج کی ملاقات کا مقصد بلوچستان کی موجودہ صورتحال کے حوالے سے بات کرنا ہے۔"

یہ بات سن کر وہاں موجود لوگوں کے چہرے پہ ایک گہری سنجیدگی چھا گئی۔

جسٹس ملک بولتے رہے:

"انسانیت سے محبت کرنے والا ہر شخص اس صورتحال پہ غمگین ہے۔ ہم اس قتل و غارت گری کے خلاف ہیں جو ہمارے آس پاس برپا ہے، جس میں معصوم شہری مارے جا

رہے ہیں۔ ہم لوگوں کو مرتے نہیں دیکھنا چاہتے۔ ہمیں اس جگہ سے، بلوچستان سے محبت ہے۔ اور بلوچستان سے اپنی اسی محبت کی وجہ سے آج ہم یہاں جمع ہوئے ہیں تاکہ فیصلہ کریں کہ ہم امن قائم کرنے کے سلسلے میں کیا کردار ادا کرسکتے ہیں۔ ہم اپنی ذمہ داریوں کو سمجھیں اور مل جل کر فیصلہ کریں کہ ہم اپنی آواز بلند کر کے خون خرابے کو کیسے روک سکتے ہیں، معصوم شہریوں کو موت کے منہ میں جانے سے کیسے بچاسکتے ہیں۔

توسب سے پہلے میں اپنے معزز مہمان جسٹس مری کو دعوت دوں گا کہ وہ اپنی رائے دیں کہ ہم ججوں کو اور دوسرے سوچنے والے لوگوں کو موجودہ صورتحال میں اپنا کیا کردار ادا کرنا چاہیے۔"

جسٹس ملک نے اپنی بات اس جملے پہ ختم کی توسب کی نظریں جسٹس مری کی طرف اٹھ گئیں۔

جسٹس مری بولنا شروع ہوئے:

"صورتحال اچھی ہرگز نہیں ہے۔ بلکہ میں سمجھتا ہوں کہ اب واپسی کا کوئی راستہ نہیں ہے۔ اب سے پانچ سال پہلے بلوچی اگر پاکستان کے بہت زیادہ حق میں نہیں تھے تو پاکستان کے اس قدر خلاف بھی نہیں تھے۔ مگر اب حالات بدل گئے ہیں۔ بلوچ قیادت کے کئی سرکردہ لوگوں کے قتل کے بعد لوگوں کا اعتبار پاکستان کے اوپر سے اٹھ گیا ہے۔ اور اس کے ساتھ بلوچ قوم پرستوں نے اپنی قوم کی تعلیم کا سلسلہ شروع کیا ہے۔ بلوچوں کو بتایا جارہا ہے کہ کس طرح بلوچستان کی تاریخ پانچ ہزار سال پرانی ہے۔ تو پھر اتنی پرانی تاریخ رکھنے والی ایک قوم جمعہ جمعہ آٹھ دن پہلے وجود میں آنے والے ملک کی شناخت میں اپنی شناخت کیوں کھودے۔ پھر یہ بھی ایک تاریخی حقیقت ہے کہ انیس سو سینتالیس میں پاکستان نے بلوچستان کو زبردستی اپنے ساتھ ملایا تھا۔ میرا اپنا خیال یہ ہے کہ اب اتنے

سارے لوگوں کے ذہن میں بلوچستان کی آزادی کی بات آگئی ہے تو واپسی محال ہے۔ یہ سمجھنا کہ اتنے سارے لوگ یہ ساری باتیں بھول کر دوبارہ پاکستان کے ساتھ رہنے کے لیے تیار ہو جائیں گے، انتہائی حماقت ہو گی۔"

جسٹس مری نے اپنی بات ختم کی تو جسٹس گل جان نے اپنا گلا صاف کیا۔ لوگ جسٹس گل جان کی طرف متوجہ ہو گئے۔ جسٹس گل جان نے بولنا شروع کیا۔

"میں جسٹس مری کی بات سمجھ رہا ہوں مگر میں ساتھ ہی جسٹس ملک سے بھی متفق ہوں۔

یہ بات صحیح ہے کہ اب بلوچوں کی اکثریت پاکستان کے ساتھ نہیں رہنا چاہتی مگر سوال یہ ہے کہ ہم اپنا کیا کردار ادا کریں کہ جو کچھ ہونا ہے بغیر تشدد کے، بغیر قتل و غارت گری کے ہو جائے۔"

جسٹس گل جان کی گفتگو میں توقف آیا تو جسٹس ملک پھر بولنا شروع ہوئے۔

"بات بالکل یہی ہے جو جسٹس گل جان نے کہی ہے۔ اگر بلوچستان کو پاکستان سے الگ ہونا ہے تو بے شک ایسا ہو جائے۔ سوال صرف یہ ہے کہ ایسا بغیر قتل و غارت گری کے کیسے ہو۔ مثلاً ہم دیکھتے ہیں کہ پچھلے دو سالوں میں یہاں پے درپے ایک نہیں بیس کے قریب اساتذہ کا قتل ہوا ہے۔ اور ان اساتذہ کا قصور کیا تھا؟ ان کا قصور یہ تھا کہ وہ پنجابی تھے۔ آپ سوچیں کہ اتنے سارے گھرانے یوں ذرا سی دیر میں تباہ ہو گئے۔

اور ایک استاد کا قتل تو بہت ہی قابل مذمت ہے۔ اگر ماں کے بعد کوئی ہستی قابل عزت ہے تو وہ استاد کی ہے۔

وہ کسی رنگ کا ہو، کسی نسل کا ہو، کوئی زبان بولنے والا ہو، وہ آپ کا استاد ہے۔ وہ آپ کو پڑھا رہا ہے۔ وہ آپ کا ہاتھ پکڑ کر آپ کو علم کے راستے پہ لے جا رہا ہے۔ اور آپ

ایک استاد کو صرف اس لیے مار دیں کہ وہ پنجابی ہے۔ یہ کتنے افسوس کی بات ہے۔ اساتذہ کے قتل کی بنیاد پہ رکھی جانے والی آزادی کی ایسی تحریک آگے چل کر کیا رنگ لائے گی؟"

اس موقع پہ گھنی داڑھی والا وہ شخص بولنا شروع ہوا جو چار لوگوں کے حلقے میں جسٹس مری کے دائیں طرف بیٹھا تھا۔

"آپ میں سے جو لوگ نہ جانتے ہوں وہ جان لیں کہ میں نور اللہ گچکی ہوں۔"

سفید پگڑی والے شخص کی یہ بات سن کر وہاں موجود بہت سے لوگ سکتے میں آ گئے۔ ان کے لیے نور اللہ گچکی کا نام ہرگز اجنبی نہ تھا۔ سرکاری ایجینسیاں ایک عرصے سے اس کی گرفتاری کی کوشش میں لگی ہوئی تھیں۔ نور اللہ گچکی پہ الزام تھا کہ اس نے بلوچستان میں مقیم پنجابی آبادکاروں کے خلاف قتل وغارت گری شروع کی ہوئی تھی۔

نور اللہ پھر بولنا شروع ہوا۔

"سب سے پہلے تو میں ایک بات اپنے دفاع میں کہنا چاہوں گا۔ حکومت کے ادارے مجھے بدنام کرنے پہ تلے ہوئے ہیں؛ ان کا کہنا ہے کہ میں پنجابی آبادکاروں کے خلاف ہوں۔ میں ہرگز کسی کے خلاف نہیں ہوں۔ ہم تو بس پاکستان سے آزادی چاہتے ہیں۔

مگر یہ بات صحیح ہے کہ ہمارے ساتھ شامل ایسے لوگ ہیں جو ان آبادکاروں کو ہلاک کر رہے ہیں۔ اور میں آپ کو ان کے غم وغصے کی وجہ سمجھانے کی کوشش کرتا ہوں۔

کوھلو پہ بمباری ہوتی ہے۔ اوپر سے جہاز آتے ہیں اور بم برسا کر چلے جاتے ہیں۔ ہمارے گھر تباہ ہوتے ہیں۔ ہمارے لوگ مارے جاتے ہیں۔ اور ہم بے بسی سے ان جہازوں کو دیکھتے رہتے ہیں۔ تو اس وقت تو ہماری حمایت میں کوئی نہیں اٹھتا۔ کوئی آنسو

ہمارے لوگوں کے لیے نہیں بہتا۔

پھر ہم مجبور ہو جاتے ہیں۔ ہمارے پاس کوئی طریقہ نہیں ہے احتجاج کرنے کا۔ کوئی طریقہ نہیں ہے اپنے دشمن کو دبانے کا۔ سوائے اس طریقے کہ وہ لوگ جو ہمارے دشمن سے ذرہ برابر بھی ہمدردی رکھتے ہوں، ہم ان کو مار کر اپنا غم و غصہ نکالیں۔ تو یہ ہو رہا ہے ان اساتذہ کے ساتھ کہ جن کا تذکرہ آپ نے کیا ہے۔"

جسٹس ملک نے نوجوان کے لہجے میں تلخی محسوس کی تھی۔ انہیں خیال ہوا کہ جیسے انہیں اپنی صفائی میں کچھ کہنا چاہیے۔

"نور اللہ، آپ نہ جانے کن لوگوں کی بات کر رہے ہیں جو بلوچوں کی ہلاکت پہ آواز نہیں اٹھاتے۔ ہم بلوچستان میں رہنے والوں نے تو ہمیشہ بلوچوں کے ساتھ ہونے والی زیادتی پہ آواز بلند کی ہے۔

مگر یہ بات تشویشناک ہے کہ بلوچستان میں رہنے والے غیر بلوچیوں کو شک کی نظر سے دیکھا جاتا ہے۔ قوم پرست بلوچوں میں پاکستان کا مطلب پنجاب لیا جاتا ہے۔ اس منطق سے پاکستانی فوج جو کچھ کر رہی ہے وہ پنجابیوں کا کیا دھرا ہے۔ چنانچہ ہر پنجابی حکومت پاکستان کے ہر عمل کا ذمہ دار ہے۔ یہ کہاں کا انصاف ہے؟ کہنے کو تو میں بھی پنجابی ہوں۔ یہ بات میرے نام سے واضح ہے۔ مگر کوئٹہ میں رہنے والے پنجابیوں کا پنجاب سے ایسا ہی تعلق ہے جیسا پنجاب میں بسنے والے بلوچیوں کا بلوچستان سے۔

میں آپ کو اپنی تاریخ بتاتا ہوں۔ میرے والد یہاں جج مقرر ہو کر آئے تھے۔ میں نے اپنا بچپن یہاں گزارا ہے۔ میرے بچے ادھر ہی پیدا ہوئے ہیں۔ ان کی شادیاں ادھر ہوئی ہیں۔ بلوچستان ہمارا وطن ہے۔ ہمیں اس جگہ سے محبت ہے۔ اگر بلوچستان پاکستان سے الگ ہوتا ہے تو ہم لوگ بھاگ کر پنجاب نہیں چلے جائیں گے، ہم ادھر ہی رہتے رہیں

گے۔"

جسٹس ملک کی اس جذباتی تقریر کے بعد کمرے میں خاموشی چھاگئی۔

اتنے لوگوں کی موجودگی کی وجہ سے بیٹھک میں گرمی بڑھ گئی تھی۔ نوکر تھوڑی دیر پہلے چائے اور لوازمات لایا تھا اور اب لوگوں کو چائے بنا کر دینے میں مشغول تھا۔ جسٹس ملک نے نوکر سے کہا کہ وہ ہیٹر بند کر دے۔ تمام مہمانوں کو چائے تھمانے کے بعد نوکر نے ہیٹر بند کر دیا۔ اس کے جانے کے بعد جسٹس ملک پھر بولنا شروع ہوئے۔

"ہم بلوچستان کے لوگوں کے ساتھ ہیں۔ اگر بلوچستان کے لوگ واقعی پاکستان سے الگ ہونا چاہتے ہیں تو ان کو ایسا کرنے دیا جائے۔ مگر ساتھ ہی ہم پاکستانی حکومت کا یہ موقف بھی پڑھتے ہیں کہ بلوچستان میں مشکل سے دس فی صد لوگ ایسے ہیں جو گڑبڑ مچا رہے ہیں، بلوچستان کے زیادہ تر لوگ پاکستان کے ساتھ ہی رہنا چاہتے ہیں۔"

جسٹس ملک کی اس بات پہ نور اللہ گچکی سے خاموش نہ رہا گیا۔

"پاکستانی حکومت جھوٹ بولتی ہے۔ یہ بلوچیوں کو ایک دوسرے سے لڑانے کی سازش ہے۔ بلوچ متحد ہیں اور متحد ہو کر پاکستان سے آزادی چاہتے ہیں۔" نور اللہ نے غصے سے کہا۔

جسٹس ملک براہ راست نور اللہ گچکی سے مخاطب ہو گئے۔

"نور اللہ، میرے بھائی، آپ غصہ نہ کھائیں۔ میں آپ کے ساتھ ہوں۔ میں سمجھتا ہوں کہ آزادی کتنی دل کش شے ہے۔ آپ سوچیں کہ انیس سو سینتالیس میں ہم کیسا محسوس کرتے اگر انگریز جنوبی ایشیا چھوڑتے ہوئے پاکستان نہیں قائم کرتا۔ جس طرح ہم انگریز سے آزادی چاہتے تھے اور ہندوستان سے ہٹ کر ایک الگ ملک دیکھنا چاہتے تھے، شاید بالکل اسی طرح آج بلوچستان کے لوگ پاکستان سے آزادی چاہتے ہیں۔"

اس موقع پہ جسٹس ملک تھوڑی دیر کے لیے رکے اور چائے کا ایک گھونٹ پینے کے بعد بولنا شروع ہوئے۔

"ہر دفعہ جب اس خطے میں ایک نیا ملک بنتا ہے تو خوب قتل و غارت گری ہوتی ہے۔ ہم نے پاکستان کے بننے پہ انیس سو سینتالیس میں ایسا دیکھا، پھر بنگلہ دیش کے بننے پہ انیس سو اکہتر میں یہی دیکھا۔ ہماری خواہش ہے کہ اب کی بار ایسا نہ ہو۔ اب کی بار ہم تمیز کا مظاہرہ کریں اور جو کرنا ہے بغیر مار پیٹ کے کر جائیں۔

پھر سوال یہ بھی ہے کہ لوگ آزادی کا نعرہ کب بلند کرتے ہیں۔ دراصل یہ سب لوگ ایک نااہل حکومت سے نالاں رہے ہیں۔ اور ہر دفعہ ہم نے ایک نئے ملک کا تجربہ کر کے دیکھا کہ ہمیں نااہل حکومت ہی میسر رہی ہے۔ لوگوں نے ایک ملک کی نااہل حکومت سے جان چھڑائی تو انہیں نئے ملک کی نئی نااہل حکومت میسر آگئی۔ تو سوال یہ ہے کہ اب کی بار آزادی کا یہ تجربہ کیسے مختلف ہو گا؟"

اس سوال کا جواب جسٹس مری کے پاس تھا۔ انہوں نے جسٹس ملک کی طرف دیکھتے ہوئے کہا:

"جسٹس ملک، کسی دوسرے کی نااہل حکومت اور اپنی نااہل حکومت میں یہی فرق ہوتا ہے۔ لوگ اپنے لوگوں کی نااہل حکومت پہ پھر بھی صبر و شکر کر لیتے ہیں۔ ممکن ہے کہ بلوچستان کی آزادی کے بعد بلوچوں کے سر پہ ایک اپنی ہی نااہل حکومت سوار ہو جائے مگر اس وقت کی اس وقت دیکھی جائے گی۔ ابھی تو یہ لوگ پاکستان سے چھٹکارا حاصل کرنا چاہتے ہیں۔ موجودہ صورتحال کا واحد حل یہ ہے کہ پاکستان فوج بلوچستان فوری طور پہ چھوڑ دے۔"

جسٹس ملک کے گھر میں ہونے والی یہ ملاقات دو گھنٹے سے اوپر جاری رہی۔ اس

ملاقات کا سب سے بڑا فائدہ یہ ہوا کہ وہاں موجود سب لوگوں کو ایک دوسرے کے دلی جذبات جاننے کا موقع ملا۔ طے پایا کہ اگلی بار تینوں جج صاحبان صرف ایک ایک اسسٹنٹ کے ساتھ ملیں گے اور یہ حکمت عملی تیار کریں گے بلوچستان کی پاکستان سے علیحدگی کس طور سے بغیر تشدد کے انجام پاسکتی ہے۔

اگلی ملاقات سے پہلے جسٹس ملک نے ماضی قریب میں آزادی حاصل کرنے والے ممالک کے اوپر تحقیق کی۔ اور جسٹس مری اور جسٹس گل جان سے ملاقات میں انہوں نے بات اسی موضوع سے شروع کی۔

"بلوچستان سے پاکستان کی آزادی کے سلسلے میں ہمیں ان مثالوں کو دیکھنا چاہیے جہاں نوزائیدہ ممالک نے بلا یا با تشدد آزادی حاصل کی۔ مثلاً دس سال پہلے مشرقی تمور اقوام متحدہ کی فوج کی نگرانی میں ہونے والے ریفرینڈم کی مدد سے انڈونیشیا سے الگ ہوا۔ اس سے پہلا وہاں انڈونیشیا کی فوج قتل و غارت گری کر چکی تھی مگر کم از کم ریفرینڈم شفاف ہو پایا۔

اس سے پہلے ہم نے چیکوسلاواکیہ کو بغیر کسی تشدد کے چیک ریپبلک اور سلاواکیہ نامی ممالک میں تقسیم ہوتے دیکھا۔

پھر ہم نے دیکھا کہ کینیڈا میں کیوبیک کا صوبہ باقی ملک سے الگ ہونا چاہتا تھا۔ مگر لوگوں کی رائے لینے کے سلسلے میں انہوں نے بیرونی مدد حاصل نہیں کی۔ ان کو اپنے انتخابی اداروں پہ اعتماد تھا۔ ریفرینڈم ہوا اور فیصلہ ہو گیا کہ کیوبیک سے تعلق رکھنے والے بیشتر لوگ کینیڈا کے ساتھ ہی رہنا چاہتے تھے۔

پھر ہم نے مونٹینیگرو کی سربیا سے آزادی کو دیکھا۔ جب یوگوسلاویہ کے اوپر سے

اشتراکیت کا بندھن ٹوٹا تو سب سے پہلے سلوانیا باقی ملک سے الگ ہوا۔ پھر کروایشیا الگ ہوا۔ پھر بوسنیا اور مقدونیہ الگ ہوئے۔ سربیا اور مونٹے نیگرو کچھ عرصہ ساتھ رہے مگر پھر الگ الگ ملک بن گئے۔"

اس موقع پہ جسٹس مری نے جسٹس ملک کی بات کاٹی۔

"جسٹس ملک، آپ اتنی دور مت جائیں۔ آپ اس خطے میں آزاد ہونے والا وہ ملک دیکھیں جس کو ساتھ رکھنے کی پوری کوشش پاکستانی فوج نے کی۔ آپ نے دیکھا کہ اس کم ظرف فوج نے کیسے کیسے ہتھکنڈے نہیں آزمائے۔ آپ اس فوج پہ اعتماد نہیں کر سکتے۔"

جسٹس مری کی بات میں وزن تھا۔

"میں آپ کی بات سے متفق ہوں، جسٹس مری۔ مگر میں دیکھتا ہوں کہ ریفرینڈم ایک شفاف طریقہ ہے یہ فیصلہ کرنے کا کہ لوگوں کا ایک گروہ دوسرے لوگوں کے ساتھ رہنا چاہتا ہے یا نہیں۔ ایک منصف ریفرینڈم کا نتیجہ وہ اخلاقی فتح ہے جس کی حقیقت سے انکار نہیں کیا جا سکتا۔ اور میرا خیال ہے کہ بلوچستان کے سلسلے میں بھی ہمیں ایسے ہی ایک ریفرینڈم پہ کام کرنا ہو گا۔"

"مگر یہ ریفرینڈم کون کرائے گا؟ بلوچ قوم پرست ایسے کسی ریفرینڈم کو نہیں مانیں گے جو پاکستانی فوج یا پاکستانی حکومت کے زیر اثر کرایا جائے۔" جسٹس گل جان نے اپنی رائے پیش کی۔

اور اس ملاقات کے بعد تین ملاقاتیں اور ہوئیں اور پھر ایک امن معاہدے کے خد وخال واضح ہوتے گئے۔ بلوچستان کے لوگوں کو یہ حق رائے دہی دینا کہ آیا وہ پاکستان کے ساتھ رہنا چاہتے ہیں یا نہیں جسٹس ملک فارمولا کہلایا جانے لگا۔ مختصر الفاظ میں جسٹس

ملک فارمولا یہ تھا کہ پاکستانی فوج بلوچستان چھوڑ دے اور صوبے کا انتظام اقوام متحدہ کی فوج کے حوالے کیا جائے جو یہ ریفرینڈم کروائے کہ آیا بلوچستان کے لوگ پاکستان کے ساتھ رہنا چاہتے ہیں یا پاکستان سے آزادی چاہتے ہیں۔ اس حکمت عملی کو کاغذ پہ لکھنے اور اس کی جزئیات پہ اچھی طرح غور کرنے کے بعد ان تینوں جج حضرات نے میڈیا کے ذریعے جسٹس ملک فارمولے کو لوگوں تک پہنچانا شروع کیا۔ اب ہر طرف جسٹس ملک فارمولے کا چرچا ہو گیا۔ مختلف ٹی وی اسٹیشن تینوں جج حضرات کو حالات حاضرہ کے پروگراموں میں باقاعدگی سے بلانے لگے۔

اور ایسا ہی ایک موقع تھا جب جسٹس ملک ایک ٹی وی پروگرام میں دوسرے شرکا سے بحث میں مشغول تھے کہ آئی ایس آئی کے ایک دفتر میں گفتگو ہو رہی تھی۔

"اس جسٹس ملک کو آخر کیا تکلیف ہے؟ یہ کیوں اس قسم کی احمقانہ باتیں کر رہا ہے؟ ہم ان دہشت گردوں سے نمٹنے کی پوری صلاحیت رکھتے ہیں جن کی مدد ہندوستان کر رہا ہے۔"

دوسرے شخص نے پہلے کی ہاں میں ہاں ملائی۔

"بات آپ کی بالکل ٹھیک ہے۔ پاکستانی فوج کو کیا ضرورت ہے بلوچستان چھوڑنے کی؟ بلوچستان مشرقی پاکستان نہیں ہے، یہ پاکستان سے جڑا ہوا ہے۔ یہ پاکستان کا اٹوٹ حصہ ہے۔"

پہلے شخص نے کچھ سوچ کر جواب دیا۔

"بات یہی سمجھ میں آتی ہے کہ ہمیں اس بے وقوف جج کو راستے سے ہٹانا ہو گا۔"

اور اسی طرح کی ایک گفتگو بلوچستان میں ایک خفیہ مقام پہ ہو رہی تھی۔ وہاں بلوچستان کے کئی قوم پرست لیڈر جمع تھے۔

"ہمیں جسٹس ملک پہ اعتبار نہیں ہے۔ یہ چاہے کتنے عرصے سے یہاں رہ رہا ہو، یہ آخر کار پنجابی ہے۔"

ایک دوسرے شخص نے اس بات کی تائید کی۔

"دنیا ہماری بات سن رہی ہے۔ اور ہم اپنی مسلح جدوجہد سے پاکستانی فوج کو یہاں سے باہر نکالنے کی سکت رکھتے ہیں۔ ہمیں پاکستانی حکومت سے کسی فارمولے وغیرہ پہ سمجھوتہ کرنے کی ضرورت نہیں ہے۔"

کمرے میں کچھ دیر کے لیے خاموشی چھاگئی۔ پھر ایک شخص نے کہا۔

"ہمیں اس جسٹس ملک کو راستے سے ہٹانا ہو گا۔ بلوچستان کی آزادی کی راہ میں یہ بھی ایک پتھر ہے۔"

اور ہفتے بھر کے اندر ہی جسٹس ملک کی زندگی کا آخری دن آن پہنچا۔ جسٹس ملک ڈرائیور کے ساتھ گھر واپس جا رہے تھے کہ اچانک سامنے سے آنے والی ایک گاڑی نے جسٹس ملک کی گاڑی کا راستہ روک لیا۔ پھر جسٹس ملک کی گاڑی پہ اندھا دھند فائرنگ شروع ہوگئی۔ یہ فائرنگ منٹ بھر جاری رہی۔ جب حملہ آوروں کو یقین ہو گیا کہ ان کی شدید فائرنگ کے بعد گاڑی میں موجود کوئی شخص زندہ نہ بچا ہو گا تو وہ اطمینان سے وہاں سے فرار ہو گئے۔

تھوڑی ہی دیر میں جسٹس ملک کے قتل کی خبر آگ کی طرح پورے ملک میں پھیل گئی۔ جسٹس ملک کی لاش کو اگلے دن تدفین تک کے لیے اسپتال کے مردہ خانے میں جمع کروانے کے بعد جب جسٹس ملک کا لڑکا عرفان اپنے گھر پہنچا تو وہاں ٹی وی اور اخبارات کے رپورٹروں کا ایک جمگھٹا لگا ہوا تھا۔

ایک رپورٹر نے ہمت کر کے عرفان سے پوچھ ہی لیا کہ اس کا کیا خیال تھا کہ اس کے والد کو کس نے ہلاک کیا تھا۔

عرفان پھٹ پڑا۔

"مجھے کیا پتہ کہ ابو کو کس نے مارا ہے ؟ یہاں سب کی دلچسپی صرف اور صرف لوگوں کو مارنے میں ہے۔"

عرفان ایک لمحے کے لیے رکا اور پھر زور زور سے چیخنے لگا۔

"ظالموں یہ تم نے کیا کیا؟ میرے معصوم باپ کو مار دیا۔ مادر---وہ تمھارا دوست تھا۔ وہ سب کا دوست تھا۔ اس کو سب سے محبت تھی۔ یہ تم نے کیا ظلم کیا؟ وہ تم سب سے محبت کرتا تھا، مادر---، وہ سب سے پیار کرتا تھا، بہن---تم لوگ لڑتے رہو اسی طرح۔ اسی طرح ایک دوسرے کے گلے کاٹتے رہو، بہن---"

عرفان ہذیانی چیخیں مارتا ہوا صوفے پہ بیٹھ گیا تھا اور اب دونوں ہاتھوں سے اپنا سر تھامے زار و قطار رو رہا تھا۔ عرفان کی یہ حالت دیکھ کر ٹی وی اور اخبارات کے رپورٹر رفتہ رفتہ کر کے وہاں سے روانہ ہونے لگے۔

* * *